東京宅女共居生活好自在

藤谷千明 著
林慧雯 譯

前言

二〇二〇年的夏天，一個平凡的悶熱夜晚，在我的自家起居室中出現了烤肉的場景。正在烤肉的是跟我一起共居的幾位室友。明明是平日，為什麼要在家裡烤肉呢？原因是因為「《阿松》[1]決定要播出第三季了。」

我的三位室友，加上我本人，大家都是三十好幾的年紀，而且全都是御宅族女子（之後簡稱為「宅女」），四個人一起住在這個家裡。因為最喜歡的動畫將播出最新一集而感到興奮又緊張的室友表示：「要是不多攝取一些卡路里，是沒辦法好好接受這個事實的。」因此大家都陸續買了肉跟蛋糕回家。我心裡一邊想著：「要是我沒有跟這群宅女一起生活的話，就不可能發生這種事了吧～」一邊看著大家烤肉的情景。

會跟一群宅女一起合租房子，這是去年初開始的事。

雖然「御宅族」的定義有很多，不過我指的是「沉浸在某種形式的『阿宅入坑文化』中的人。」就像剛剛提到的，因為喜歡的動畫要播出最新一集而烤肉慶祝就是「阿宅」；沉迷於線上遊戲中的人也是「阿宅」；會因為三次元偶像選秀節目而心煩意亂的人也是

「阿宅」。而近年來搖滾樂團的粉絲們也隨著消費方式的轉變，越來越多人踏入「御宅族」的領域。我自己也是入坑視覺系搖滾樂團長達四分之一個世紀的老粉了。

我跟我的三位室友每週都會一起期待深夜動畫的播出、一口氣看完整套漫畫、會因為手遊裡的抽卡而心情起伏不定。心血來潮還會去看舞台劇，衝現場看演唱會、音樂會等等，無論是在家裡或在外面的行程都非常忙碌。而且阿宅們的蒐集慾都很強，一旦興趣變多、蒐集的品項也會越來越多。雖然入坑的作品和對象可以無限增生，但東京的土地有限、租金高昂，收入也難以輕易增加。而且也因為遠征演唱會巡迴等緣故，其實在家的時間並不多，我開始覺得，花了這麼多租金的房子成了堆放蒐集品的空間，這樣實在太浪費了。

所以，不如找到擁有同樣煩惱的人一起生活，就能減輕生活開銷——這就是我決定與人共居的原因之一。

我覺得這種共享空間、合租房屋的生活模式，最近在都會圈中已經越來越普及了，不過，會這麼做的幾乎都是年輕人。也許是因為未婚・年近四十歲・多名女性一起生活

1 為了紀念日本漫畫家赤塚不二夫誕辰八十周年，由其創作的漫畫作品《小松君》改編而成的電視動畫。

的案例還很少見，我就經常被問到了各式各樣的問題。

這些問題的內容大致上可以分類為這幾種：「共居的契機是什麼？」、「室友是怎麼樣的人？」、「妳們不會吵架嗎？」、「個人隱私怎麼辦？」、「金錢怎麼管理呢？」、「要是有人調職的話呢？」、「如果有人談戀愛、或是要結婚的話怎麼辦？」等等。

不過，儘管有這麼多人提出這些疑問，卻也有同樣多人表示：「我也好想試試看。」當我在網路平台中陸續幾次將我們的生活中累積的「點點滴滴」發文分享後，獲得了非常大的迴響，我想倒不如就把這些文字彙整起來，就成了這本書誕生的契機。

就如同我剛剛提到的，我們四個人是為了減輕生活開銷而聚在一起。嘗試了一年半以上的共居生活後，摩擦比想像中來得少，也不曾吵架過。我是一個自由文字工作者，而其他室友中有像我一樣的自由服飾設計師，也有人在大企業工作，儘管每個人的生活模式都截然不同，但也會發起像剛剛提到的臨時烤肉活動，過著好玩有趣的生活。在當前因新冠肺炎而深受影響的社會中，我們的生活用「歲月靜好」來形容是最貼切不過的。

雖然並非是有血緣關係的家人、或是因愛情而結合的伴侶，不過，像我們這樣有著共同興趣與利害關係的朋友，還是可以順利地同住屋簷下，或許這樣的案例能在當今的高齡化、不婚化、各種問題衍生的社會中，讓大家對未來抱有一絲希望。

一個人獨自生活，偶爾也會沒來由地感到寂寞、不安。應該有很多人都是為了消弭這類問題，而想要與別人一起生活、計劃同居或結婚吧！當然，想要這麼做的人若能付諸實行的話就太好了，但是，若是將近四十歲的人想要跟別人一起生活的話，我認為並不是只有結婚這條路可走。我想說的是，與朋友一起共享生活空間也是非常自在的一件事。

不過另一方面，我也覺得這個方式並不適用於每個人。像是室友的個性、居住的地區、房屋方面等，「運氣成分」也會佔很高的比例。儘管如此，雖然我們身邊並沒有前例，但很多事其實只要肯求助他人協助意外地就能順利解決，希望我們的例子可以作為大家的參考。在現在這個時代裡，雖然個資的部分必須隱去不提，不過在找房子、簽約的過程、生活型態等方面都是完全根據事實呈現。接下來，就要揭曉我們慢慢嘗試錯誤的過程與奮鬥的記錄了（開場音樂響起）。

目錄

第4章 扭蛋要抽、人生也得要抽！ 143

登場人物紹介

～「文化之家」的居民～

藤谷（39）

本書的作者。
喜歡視覺系樂團的自由作家。
為兼顧興趣與生計蒐集而成的
資料讓房間裡的書架
隨時都堆積如山。
在現實生活中也會把網路用語
掛在嘴邊（真不好意思）。

◆ 宅女守備範圍 ◆
視覺系／ HiGH & LOW 熱血街頭：極惡之道（LDH）／ YouTuber 等等

丸山（36）

交情長達 15 年的友人，
（印象中是在 mixi 交友平台認識的。）
以自由服飾設計師為職維持生計。
擅長料理。關西腔。

◆ 宅女守備範圍 ◆
週刊少年 Jump ／
角色扮演等等

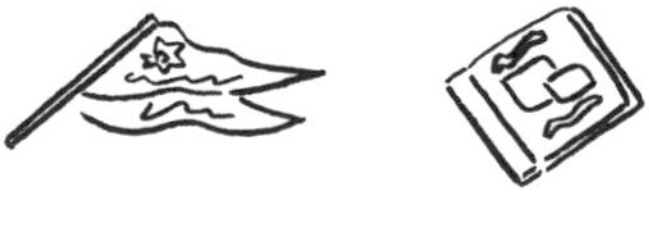

星野（38）

應該也是 10 年前
在推特上互相追蹤後，
逐漸演變成朋友關係。
是位任職於大企業的上班族，
經常出差。
個性穩重，
平常也都是說敬語。

◆ 宅女守備範圍 ◆
線上遊戲／動畫／
2.5 次元舞台劇

角田（38）

大約是 10 年前
在推特上互相追蹤後，
才逐漸變成了朋友。
是位任職於東京資訊公司的上班族。
因為會遠征觀賞舞台劇，
經常不在家。
個性一板一眼，
平常都是說敬語。

◆ 宅女守備範圍 ◆
舞台劇（從 2.5 次元舞台劇到寶塚都愛）／
和服／偶像等等

插畫／ KAYAHIROYA
※本書中的登場人物除了作者外，其他人皆使用假名。

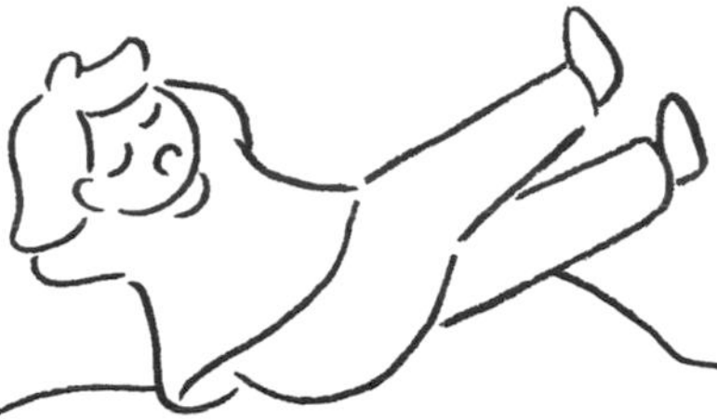

第1章

我是如何壓抑心中的不安，做出和宅女們共居生活的決定呢？

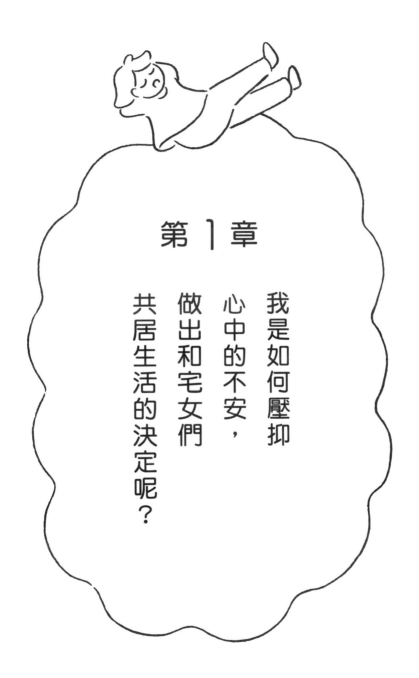

年近四十，踏入暗自落淚的夜晚

兩年前的秋季，住在ＪＲ沿線公寓的我，某天晚上在房間裡哭了。雖然當初是看上離車站近的便利性而租下這間屋子，但因為太靠近電車軌道，每到深夜電車呼嘯而過的聲音總是揮之不去。其實平常我並不會那麼在意電車的聲音，不過那天不知道是不是因為氣溫急遽改變的緣故，我的精神狀況非常低落，當電車呼嘯而過的聲音在我體內來回迴盪時，讓我覺得非常難過。眼淚止不住地滑落。那麼，三十七歲的單身女子究竟為什麼會在暗夜裡哭泣呢？是精神狀況不佳嗎？原因又是什麼呢？她究竟是誰？讓我們繼續看下去！（類戲劇旁白語調）

◆肩膀疼痛

回想起來，那年三月我曾在車站樓梯上不小心跌倒，自從那次跌倒造成肩膀肌肉疼痛之後，感覺我的人生就開始走下坡。一開始看的醫院告訴我：「骨頭沒有異常」，就讓我離開了，但後來情況並沒有好轉，我就在不停進出各大醫院的情況下勉強支撐度日，可是，疼痛感始終揮之不去。

雖然疼痛的並不是慣用手，但還是帶來了許多不便，而且只要身體某處狀況不好，內心就會變得越來越不安，這是一個人獨居常會發生的事。

雖然現在疼痛的部位只有肩膀而已，但以後要是多了其它部位、例如腳不好的話，在生活中就會出現更多困難。儘管這些都只是「有可能」的情形而已，但當時的我精神狀況跌到了谷底，滿腦子不斷湧現出負面的念頭。「這樣下去要是身體變得不能動的話該怎麼辦……」不安的感覺漸漸蔓延開來，唉～

◆住的地方很糟糕

當時我住的是一間小套房，約七張榻榻米（一張榻榻米約1.62平方公尺）的大小。儘管這對獨居而言是很常見的大小，但我的東西實在太多了。我基本上算是「跟著流行走的雜食性宅女」，除了原本就超喜歡的視覺系樂團之外，經年累月下來又陸陸續續沉迷於線上遊戲、動畫、漫畫、電影等各種領域。而且我的工作上也有很多是屬於「從興趣慢慢延伸成專業」的類型，因此我總想著「以後或許可以把這個當成工作資料派上用場」，錢包就不知不覺打開了。

「以一個專職作家而言應該不算很多……」我總是將這句話當作藉口，在牆壁旁擺了三個一百八十公分高的鋼架書櫃，裡頭塞了滿滿的書籍與CD。雖然我用了伸縮桿來預防地震，但我心裡還是覺得：「要是真有大地震的話我應該會被壓死吧？」這個不安的念頭一直湧上心頭。再加上就連固定式的碗櫃上也都塞滿了我的CD跟書籍。一旦家裡雜亂無章，身體自然就會開始生病了。

◆跟伴侶分道揚鑣

彷彿跟我一起生活了大半輩子的伴侶，在前年底提出了分手（遠目）。至於原因，原因是什麼呢～（再次遠目）。如果用搖滾樂團常用的說詞來講，應該就是「彼此未來藍圖不同」吧。隨著同居關係破局，我臨時之間搬進了前面提到的那間小套房。

◆對金錢的不安全感

雖然是自己喜歡這份工作才做的，但身為一個自由作家，在經濟方面實在很難用穩定來形容。因此也會讓人對於「未來該怎麼辦」感到不安。再加上，從兩人生活恢復成單身生活後，必定會感受到生活開銷的成本增加。我一個人住到小套房房租是一個月八萬五千日圓（包含公共費用）。事後冷靜想想，才驚覺：「是不是有點貴啊？」

堆滿各種東西的房間，絕對不會是一個可以集中精神工作的環境。所以，我又不得不租了附近的共享辦公室（月租兩萬五千日圓）。每個月的固定開銷漸漸成了對家計的龐大壓力。

所以結果如何呢？當這些全部累積起來，就讓我的精神狀況不堪負荷了。於是，年近四十的女子暗夜哭泣事件就這麼爆發了。秋天的夜晚還真是漫長啊……

不想成為孤獨的腐爛屍體，卻也難以存到兩千萬日圓的理由

在棉被裡暗自哭泣後，我心中的不安感越來越深。將來要怎麼辦呢……？我一直都過著悠閒輕鬆的生活，從來沒有規劃過未來，當時心中的惡魔便開始喃喃細語：「你這傢伙，該不會還以為自己不會有老死的一天嗎？」

這首 Golden Bomber（媒體慣稱為「金爆」）的〈愛を止めないで～ I Love Me Don't Stop～〉歌曲，就是在吟唱一個從失戀孤寂感轉變為畏懼孤獨死的夜晚。就連平時因版稅哏常被嘲笑的主唱鬼龍院翔，都會害怕孤獨死了，我這樣下去真的不行，絕對會完蛋。

在這種時候，人會做些什麼呢？我立刻拿起手機，開始搜尋各種資訊。我趁勢詢問了谷歌大神有關「孤獨死」的事，結果出現了許多非常哀傷的新聞報導。像是：「孤獨死的四十歲單身男性究竟有多孤獨？」、「孤獨死的四十歲女性住在垃圾屋裡！」等等……

原來如此，原來早在四十歲就有機率會孤獨死。而且，這些新聞裡附的示意圖幾乎都是「凌亂無比的房間」難道新聞想表達的是「住在髒亂房間裡的人壽命比較短」嗎？

老實說，我並不排斥自己一個人死去。不過，死亡後完全沒被任何人發現、獨自化為腐爛屍體，在垃圾屋裡被發現的這種處境，我還是想盡量避免。因為我不想親身經歷成為事故主角，而且也會對管理員或遺體處理業者很不好意思……

不過，在網路上查到的新聞幾乎就像是直指，除了「過著完美人生的人」之外，其他人的人生末路都會是這副德性。啊～真是太討厭了，這種假借媒體之名煽動不安的新聞報導，要是能全部都給我消失就好了！

前陣子在新聞上才在炒作「退休金至少要兩千萬日圓」的議題，引起世人議論紛紛。我真的能存到這樣的金額嗎？老實說，從現在的收入及存款來看，這個數目實在是太不現實了。而且御宅族都是兩袖清風（該不會只有我吧！），跟同年齡人的平均存款數目相比，自己的存款應該是少到不行。只不過，包含循環貸款在內，我並沒有欠債可說是不幸中的大幸。話說回來這個基準也太寬鬆了。

要是在阿宅嗜好方面花費過多的話，也許只要降低基本生活開銷就還是能存到錢。如果住在遠離市中心的便宜大套房的話，也可以順便解決東西過多的問題。不過，這對我來說卻很難辦到。

文字工作者的工作必須親自前往東京都內的大小場所；如果是採訪的話，就必須前往唱片公司或出版社。再加上我常會有報導演唱會的工作機會，因此經常會去市區的 Live House、埼玉超級競技場、幕張展覽館、橫濱體育館等大型會場進行取材。演唱會通常都在晚上，要是家住太遠、演唱會結束後無法順利返家的話，體力也會不堪負荷。這麼一來，搬去租金便宜的郊區是非常不切實際的選擇。

雖然我也曾想過要搬回父母家，不過我父母家在山口縣，實在是太遙遠了。所以只要我還繼續從事做目前的工作，就不可能出現這個選項。再加上我從高中畢業後就幾乎沒有回家過，父母家現在已經變成了姊姊夫婦（＋四個孩子）與雙親一起居住的二世代住宅，無論再怎麼想也沒有我的容身之處。

我是四姊妹中的次女，姊姊與小妹都已經結婚生子，大妹也有論及婚嫁的對象。已經退休的雙親，目光自然而然都聚焦在唯一的近四十歲單身女子身上——也就是我。當我跟伴侶剛分手那陣子回老家時，母親紅著眼眶對我說：「我什麼都幫不了妳，真對不起」，而我也無言以對。要是我真的拋下工作回到老家，一定會徹底被當成是一個「可憐人」，我才不想要這樣呢！

順帶一提，老家當地是屬於人口稀少區域，應該沒有什麼工作機會。同情我就給我錢（突然冒出《無家可歸的小孩》）。這當然是開玩笑的，由於老家的家境並不富裕，與其給我、我更希望他們盡量把錢花在很有未來的姪子姪女身上。

儘管如此，我還是不適合一個人獨居的原因

像是「害怕孤獨死」、「存不了兩千萬日圓」、「想要五千兆日圓」等等，這種對未來的不安浮上心頭後，眼前要面對的問題就是「萬一發生了什麼事，一個人會很寂寞、不安。」總的來說，也就是我並不適合一個人獨居。

話說回來，我的人生中一個人獨居的時光真的很短暫。住了十八年的老家裡，有父母、伯祖母、還有包括我在內的四姊妹，總共七人。老家的透天厝據說是由身為木工的祖父（年輕時就行蹤不明、因此詳情不得而知）興建而成，雖然無從得知實際的屋齡，不過應該有超過四～五十年了。老家的一樓是廚房、伯祖母的房間，還有採用雙層床讓坪效最大化的小孩房，二樓則是硬塞了幾張書桌，剩下的空間則是雙親的寢室兼起居室，我可以說是在完全放棄私人空間概念的擁擠家庭中長大成人。

由於家庭構成極為複雜，當我高中畢業後就以「這樣的家我再也待不下去～」為由，在沒錢、沒人脈、沒一技之長的狀況下離開家，最後我加入了自衛隊。雖然這時在自衛隊度過了四年的宿舍生活，但身處在這種極度重視階級的場域、以及團體行動還是讓我吃不消，這次我又以「這樣的宿舍生活我再也待不下去～」為由，拿到離職金後我就下定決心前往東京。不過，如果要獨自一人在東京生活也未免太令人不安，我向早已前往東京生活、從事服裝產業的妹妹提議一起生活，於是就這麼獲得了美好的東京生活。

不過，最後還是因為對家事的想法及生活步調的不同，才半年我與妹妹的同居生活就出現了裂痕。之後我自己一個人住了約一年左右，遇見當時的對象開始交往。這完全是碰巧而已，因為當時我的打工處與他家實在是太近了就……嗯……變得不太回自己的家了，呵呵。漸漸地我們就自然而然開始同居了。那大約是十二年前的事。

就這樣，在我跟各種不同類型的「人」共同生活過之後，逼近四十歲時又突然再次一人獨居。這次我深刻體認到，我不適合獨自一人生活的這個事實！為了解決這個問題，我在腦海中試想了幾個選項，我究竟要跟誰、或是跟什麼一起生活呢？哭著哭著也哭累了，我就在被窩裡思索著這些事情（咦、我到底什麼時候才要睡覺啊？）。

該選玩偶、寵物、還是人類伴侶好呢？

鏘鏘（音效），「我應該跟什麼一起生活」分析表！（皆以5顆星作為評比基準）

選項1「跟玩偶一起生活」

◆難度　★☆☆☆☆（最容易！）
◆能否解決精神上的不安　★☆☆☆☆（有總比沒有好。）
◆能否解決經濟上的不安　☆☆☆☆☆（不可能！）

玩偶很可愛。跟可愛的東西一起生活，多少能解決一點寂寞的問題。而且在御宅族當中本來就有「玩偶媽咪」[1]的族群，也有很多人都跟自己喜愛的玩偶一起生活。我自己喜歡的並不是美男類型的「玩偶」，而是唐吉訶德的藍色企鵝Donpen、以及《可以做到嗎？》[2]的權太君玩偶。玩偶的好處是不會跟他吵架、而且很可愛，也不會有所抱怨。並不會做什麼好事或壞事，總之什麼都做不了。

1　指會把自己想像成家長，將填充玩偶當成孩子，並為他們裝扮，帶出門拍照。
2　NHK在一九七〇年到九〇年播出的兒童教育節目。

選項2「跟魚類或爬蟲類一起生活」

◆難度　★★☆☆☆（許多租屋雖然不能養寵物、但可以養魚。）
◆能否解決精神上的不安　★★☆☆☆（雖然可能可以彼此交流，不過無法對話。）
◆能否解決經濟上的不安　☆☆☆☆☆（雖然有了「要守護的事物」可能會增加工作動力，但飼養也必須要花錢。）

選項3「跟狗狗或貓咪一起生活」

◆難度　★★★☆☆（如果能找到可以養寵物的租屋。）
◆能否解決精神上的不安　★★☆☆☆（同選項2。）
◆能否解決經濟上的不安　☆☆☆☆☆（同右。）

即使是規定不可養寵物的租屋處，也可能可以飼養爬蟲類或魚類。雖然飼養貓狗必須特地去找可以飼養寵物的租屋處，但毛茸茸的貓貓狗狗實在讓人無法抗拒。我偶爾也會思考，為了填補寂寞而飼養動物，這在倫理上真的沒有問題嗎？不過話說回來，若要刻意將寵愛動物這個理由排除在外的話，還會有其它非得要飼養寵物的原因嗎？同時我也覺得若是生活空間中能有一個自己要守護的對象，人生應該也會過得更起勁吧！

選項4「重新再找一位伴侶一起生活」

◆難度　★★★★☆（但沒有對象的話就無法開始。）
◆能否解決精神上的不安　★★★★☆（與「喜歡的人」在一起會感到很安心。）
◆能否解決經濟上的不安　★★★★☆（生活開銷可以減半。）

嗯，真是太麻煩了（一口斷定）。都已經快要四十歲了，還要再次與別人共同生活。也就是說，必須從零開始找到一個感覺可以跟自己一起攜手共度人生的對象。

欸，也太麻煩了吧（又講了一次）。二十歲時可以憑感覺與人交往，但現在就非慎重一點不可了。我的年紀也不小了，如果對方情況需要的話，也必須考量到一開始就要照顧對方父母的可能性。面臨的壓力與二十歲時截然不同。而且我才剛經歷過失戀的痛苦，對於戀愛無法抱持著積極的心態。為了填補寂寞與經濟因素而找別人交往，也未免太失禮了。好了，這個選項就此作罷。

左思右想，最後的結論只有「不能依靠別人、要好好自己獨立」而已。不過，光是紙上談兵，也沒辦法讓現在的套房變大、物品減少，收入也不可能增加。深思一番後雖然止住了哭泣，但並沒有想到什麼解決辦法。就這樣，我糊里糊塗地拿起手機，開始滑起了推特，恰巧看到一位老朋友的推文。

從事服飾相關自由業的她比我年輕一點，但就連她也在推特上吐露了對模糊未來的不安。我懂我懂，（在某種層面上來說）這也是一種在夜晚暗自哭泣的表現吧！我也才剛哭完而已，就在推特上竟然看到與我相同的煩惱，我心想著我真的「懂」，正想在心裡偷偷按「讚」時（要是糊塗地隨意按下去，說不定會被以為我在同情她，所以我沒有真的按），腦海中突然靈光一閃！

一起生活的對象並不一定只能限於「喜歡的異性」或「家人」而已，不是嗎？雖然在社會上並沒有一個明確的名稱來標示彼此的關係，但如果能跟有某程度上知心的對象一起生活的話，就很有可能可以達到「消弭精神上的不安」、「降低生活開銷」的目標。如果本來就是朋友的話，難度是不是比「選項4：重新再找一位伴侶一起生活。」來得低呢？哦，這個選項好像非常可行耶！我是不是天才啊!?

當時的時間已經是深夜一點左右了，我因為靈光乍現帶來的興奮感，當下就把推特的畫面轉換成ＬＩＮＥ，傳了下列的訊息給那位（應該也是）在夜晚暗自哭泣的朋友。

「欸欸，我們要不要來試試宅女共居啊？」

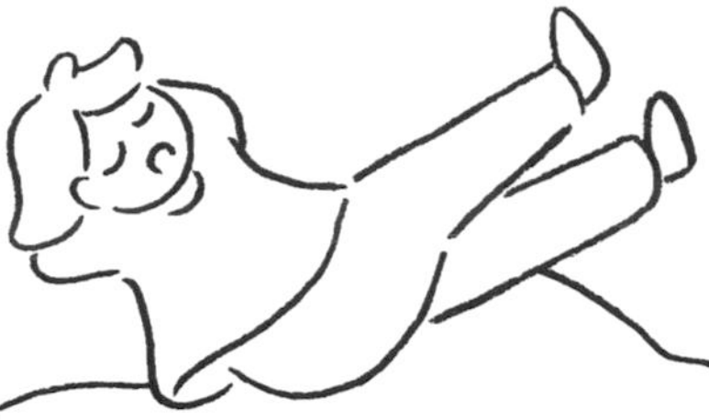

第2章

【夥伴招募】
誠徵室友・
只要同為宅女就能過關，
條件超寬鬆。

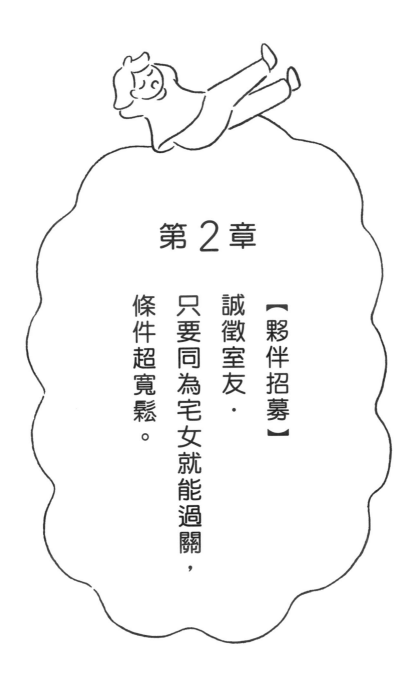

「夠有趣就給你五千分！」

她的名字叫作丸山。對於我突發奇想傳給她的LINE，她秒回：

「也太突然了吧！」

真不愧是關西人，吐槽得非常精準。

我跟丸山曾一起製作過同人誌，是交情長達十五年的宅女朋友。她也有在玩角色扮演，製作服裝的技術非常高明，現在是一位自由服飾設計師，主要活躍於東京市中心。當她以前住在關西時，我們在遠征各種活動時還曾借住在彼此家中，彼此都很熟識。所以，她也很習慣我在說話時省略各種前提，突然跟她連絡了。

我：「嗯！其實因為如此這般所以我想搬家了（簡述前一章的內容）。最近在推特上不是也有看到一些「很適合跟宅女們一起住」的隔間圖嗎？而且，如果是兩個人的話，不就可以用差不多的房租、租到有大起居室的房子了嗎？妳還可以在起居室工作呢！」（※實際對話實

在太長了，ＬＩＮＥ的對話框就好像購物明細一樣密密麻麻）

丸山：「也就是說，『希望減少生活開銷、還能解決孤單想找人陪的問題』對嗎？」

我：「Exactly！（沒錯）」

丸山：「達比弟！（《ＪＯＪＯ的奇妙冒險》中的人物）可以擁有工作空間的確很吸引人，而且兩個宅女住在一起一定會很有趣。有趣就給五千分〜〜〜」

我：「是不是！」

「有趣就給五千分」是我跟丸山的對話中經常出現的一句話。年輕人可能不知道，不過這句話是以前的猜謎節目《QUIZ DERBY》中的哏。

丸山：「不過還是太突然了啦。我們兩個都是一直待在家裡工作的自由業，感覺一定會起衝突，如果真的要實行的話，我覺得應該還要再多一個人會比較好。」

哇〜不愧是交情十幾年的朋友，說的真有道理！而且，她說話基本上都是用敬語。不管我跟她再怎麼拉近距離，她也絕對不會省略敬語，這在阿宅之間也算是很常見的一種類型。

的確，如果只有兩個人一起住的話，要是發生了什麼摩擦，彼此都很容易會把責任推到對方身上。就我的經驗而言，無論是之前曾一起同住的妹妹或伴侶，都產生過很多類似的衝突。光是「刷牙時水龍頭要不要關」都可以成為吵架的導火線……嗚，想到頭又開始痛了……

雖然我沒有跟兩個外人一起生活過的經驗，不過這也許是個好主意。若是三個人一起分攤房租，就可以在負擔更少的情況下、住進更好的房子裡了。我們那天的ＬＩＮＥ，就以「反正就先問問看彼此都認識的朋友吧」這句話畫下句點。

那就開始招募合租的成員吧！雖然我從小到大跟別人一起生活的經驗非常豐富，但姊妹是從出生後就一直在一起、宿舍生活是強制性的、跟伴侶則是自然而然開始同居，因此其實我從沒有思考過自己想要跟什麼樣的對象一起生活。嗯，要不是在這樣的情況下，我應該根本就不會去思考這個問題吧！

總之，我跟丸山討論後決定，先問問看那些即使被拒絕後也不會尷尬（※超重要）的熟識友人。

我：「要問誰好呢？」

丸山：「嗯，好問題，要不要問問看我們那個ＬＩＮＥ群組的人呢？」

我：「好啊！」

我們那個LINE群組指的是，我們那群會不定期一起舉辦派對的朋友群組，群組名稱就叫作：「小小派對」。

一開始我們都是同年齡層的視覺系粉絲，因為大家紛紛發牢騷：「好久沒穿華麗的衣服喔～」、「怎麼沒有可以帶小孩一起參加的活動呀～」，所以逐漸演變成大家會一起穿上一身暗黑哥德裝、或打扮成蘿莉塔風，在卡拉OK包廂裡聚會玩樂。

久而久之，越來越多人提議：「老是約在卡拉OK好沒變化喔」、「一起去租別墅風的攝影棚來拍照吧」、「借一個有附廚房的空間辦一個『小小派對』吧」，漸漸地，到了聖誕節、萬聖節，甚至是完全沒有特殊意義的平日也會突然舉辦派對，就這樣變成了我們的常態。而且氣氛越炒越熱，朋友們陸續呼朋引伴，最後就演變成擁有好幾十名成員的大規模LINE群組，早就不算是「小小」了。

的確，這個群組裡的朋友們都有十年以上的交情了，每個人的個性我都心裡有個底。再加上，因為我是這個團體舉辦活動、管理預算的負責人，所以參加的人幾乎都應該很了解我的為人（雖然多少有點粗線條，但做企劃時不會半途而廢）。比起一個人一個人傳訊息，還不如直接傳到群組裡會更有效率。

於是，我們就這樣用一種還不太確定的感覺開始招募共居成員了。

在此鄭重為大家介紹各個絕非泛泛之輩的隊友

就結論而言，我們很輕鬆地就找到共居成員了。

我本來以為這件事可能會有難度，但實際上真的是一喊聲：「有誰要來一起住嗎～」，就立刻有人回應：「我要～」簡直就是水到渠成。

而且，舉手報名的人還有兩位。雖然本來是打算要三個人一起住，但也許是上天註定要我們四個人一起合租宅女之家。儘管當下那瞬間也有想過：「會不會太多人了？」，不過人數變多、生活開銷當然也會隨之變低。就這一點來看，我覺得多一個人應該也沒關係。

LINE群組裡的氛圍也轉變為：「多一點人應該更好玩吧？」「把KNOW HOW寫在

部落格裡，掀起話題爆紅後光是廣告就賺到手軟吧！」、「去當分享共居生活的 YouTuber 好了！」、「乾脆像初期的 EXILE 在中目黑共同生活吧。」等等，瞬間就你一言我一語地嗨翻了。我之前應該也有說過，對於宅女們而言，「有趣」是最重要的（也拖太多人下水）。感覺應該要好好把握這麼有趣的機會才對。

舉手喊聲的那兩個人，是三上與角田。

三上是一位住在關東近郊老家的視覺系樂團粉絲，據說她的雙親一直催促：「妳也差不多該搬出去自己獨立了吧？」雖然她本人也有考慮過要在東京都內自己一個人生活，不過她也覺得若是可以一起合租應該會很好玩，所以就成了候選人之一。

角田是一位獨自住在東京都內的四十歲左右女性。她的阿宅嗜好是看舞台劇，雖然近年來她無論是工作或興趣都很穩定，不過這反倒讓她的生活變得一成不變，她本人也對這件事感到很苦惱，所以當她一看到我們的對話，就覺得「好像會很好玩」，於是也成為候選人之一。順道一提，她們兩位都是上班族。由於我跟丸山都是自由工作者，如果有上班族可以一起住的話，感覺就踏實多了！

我們當下就打鐵趁熱開了一個四人群組，開始討論了起來。

我：「請大家多多指教！我房間雖然蠻亂的，不過如果是浴室廚房的話我會打掃得很乾淨，最近十年內房間裡都沒有看過蚊蟲類的蹤影（而且我之前住的大樓一樓是便利商店）。我對房子的要求是，希望可以擺很多書架。」

丸山：「請多指教～我也是因為工作的關係，忙起來的時候房間真的很亂～如果可以借用一部分起居室當作我的工作區域就太好了。我很喜歡下廚，如果廚房可以大一點的話，我會想在裡面做各種料理。」

角田：「一旦處於工作忙碌期，我幾乎不會待在家裡。只要有地方可以放書本跟衣服我就很滿意了。比起下廚，我比較喜歡打掃，我會在這部分多幫忙。」

三上：「因為我是第一次搬出來外面住，希望大家可以多多指教。雖然我在老家也會做家事，不過我可能比較不擅長洗衣服。在公共空間裡，我想做一個可以收納大家『本子[1]』的書架！」

全體成員：「當然好！」

於是，我們的夢想膨脹得越來越大。

我完全是憑著一股衝動提出的想法，就這麼把朋友們聚集起來了。這讓我不禁心想：

「啊，也許我出乎意料地受歡迎呢」，自從跟伴侶分開後就低落不已的自尊心，感覺總算恢復了一些。

如果一個人可以用他擅長的事，來彌補另一個人不擅長的事，大家互相截長補短，那就太值得感謝了。跟大家一起討論關於想要住的房子、理想的生活型態，真的非常開心。不過，一方面我也覺得現在該冷靜下來了。在我們討論過各自的需求後，結論就是：

・反正也不是現在就立刻要搬家，等到找到理想的房子後再開始行動吧！
・要是突然有人要抽身的話會很麻煩，先討論好家人萬一有什麼事的時候該怎麼辦。
・如果比一人獨居的生活費還要貴的話，四個人一起共居就沒有意義了，所以先暫定一個人出五～六萬日圓，也就是以二十～二十四萬的房子為基準，各自開始準備初期共居的費用。
・只要看到還不錯的房子，就放進 GOOGLE 試算表裡跟大家分享。

1 本子：或稱「薄本」（薄い本）是動漫御宅族對於同人誌印刷品的代稱，因獨立印刷的同人誌的頁數都不多，不少也都涉及成人內容，故同好們便以「本子」做為隱語。

好，那就開始行動吧！

比【可養貓狗】更稀少的【可多人合租】租屋物件

接下來就要開始尋找租屋物件了，我們的理想房屋如下。當然，前提一定要是【可接受多人合租】。

・希望所有人都有個人房間，所以需要４ＬＤＫ[2]以上的格局。
・由於希望能擁有工作空間，起居室至少要十二疊（約六坪）。
・租金在25萬日圓以內。
・雖然屋齡幾年無所謂，但廚房及浴廁一定要重新整修過。
・每個房間的坪數差異不要太大。

・最好整間房子都鋪木頭地板，不過和室也可以。
・如果陽台一定要經過某個人的房間才能進出的話，晾衣服會很不方便，因此NG。
・距離東京市中心搭電車半小時之內。
・考慮到兩位上班族的通勤路線，靠近雙電車路線的車站附近最理想。

洋洋灑灑條列下來，我們的要求還真不少呢！

找房子我們採取的是人海戰術，我們四人分頭負責搜尋SUUMO、HOME'S、Yahoo!不動產、東京R不動產。幾乎每天午休或晚上，都會在LINE群組裡丟給大家感覺還不錯的租屋物件。每個人都會認真考慮這些物件，只要是所有人都看得上眼的租屋物件，就會記錄在GOOGLE試算表裡。我們會在試算表裡分門別類記錄【物件名稱】、【格局】、【最近車站】、【徒步〇分鐘】、【屋齡】等項目，比較方便互相比較、討論。

可是啊，【可多人合租】的租屋物件真的是太少太少了～！我們四人若是一天能在試算表裡放進一筆資料就算不錯了，去租屋情報網站實際詢問後，也有很多都是不能接受多人合租

2 4LDK的意思是指四間房間、一間客廳、一間飯廳、一間廚房。

條件的房子。

這世界上的租屋物件，幾乎都是標註【多人合租需討論】。不是【可以】、而是【需討論】！我們都不知道被【需討論】這種模糊的字眼耍過多少次了。

雖然每個租屋網站不太一樣，不過有些網站上會把【多人合租】、【兩人入住】放在同一個頁面裡，實際詢問後才知道「不接受朋友們的合租」或是暗地裡以我們是自由業為由拒絕，甚至還有：「這種形式的合租好像有點不太好……」用這麼不著邊際的原因打發我們。等一下，所謂的「這種形式」到底是什麼意思啊……!?順帶一提，【兩人入住】指的是以結婚為前提的同居。喂、這種說法也太婉轉了吧。

開始對上網搜尋感到疲憊的我，想說老是看捨近求遠會不會反而當局者迷，於是動身去了一趟附近車站前的房屋仲介公司。不過，我都還沒說完「我要找四個朋友一起合租的物件」這句話，業務員的表情就顯得越來越黯淡。

說穿了，房東最擔心的就是，要是朋友們一起合租房屋，一旦不合鬧翻，就很有可能收不到房租，因此可以接受多人合租的物件非常稀少。不對呀，情侶同居、或是與兄弟姊妹合租明明也是會鬧翻的啊！由無論是同居或與姊妹合租都曾鬧翻過的我來說這句話，真是最有公信力的了（是在跩什麼）。

街頭巷尾也流傳著，可接受多人合租的物件比可接受寵物的還要少。真讓人不禁感嘆：「人類一旦成了複數，比狗還不如呢！」

另外，我們在格局方面的要求，也讓尋找房子陷入瓶頸。因為一般的4LDK物件，幾乎都是以家庭為主的客層，當初設計時的格局就是以家人共同生活為前提所設計。

三上：「八疊、六疊、六疊、四疊半……，哎呀，這個房間的窗戶也太小了吧。」

角田：「坐南朝北的方位，日照好像也很差。」

丸山：「好像在坐牢喔。」

我：「那就只好猜拳，輸的人去儲藏間當座敷童子了。」

角田：「欸欸，大家看，這個房子雖然上面標示『4LDK』，可是其中一間是日光房耶。」

三上：「日光房指的是那種用玻璃隔間的空間嗎？」

我：「真的假的？要是《JOJO的奇妙冒險》（第3部）裡的DIO來住的話，應該會死掉的吧！」

丸山：「會化為灰燼！旅程就此結束！可是就算不是DIO，正常人都不會喜歡這種房間吧！」

嗚嗚，當初大家是這麼興高采烈地一起找房子，可是被三番兩次地拒絕後，都感到心灰意冷了。

角田：「沒想到多人合租要找到房子竟然這麼困難……」

丸山：「這個物件之前好像也看過……，看房子都看到出現完形崩壞[3]了。」

我：「是不是只能乾脆買房子了。」

三上：「好想要有五千兆！」

看到我們找房找得如此筋疲力竭的「小小派對」群組成員們，也時不時就會傳來訊息：「可以鎖定○○站周圍。」、「重新裝修過的房子，蓮蓬頭水壓可能會太弱，一定要確認清楚。」、「要是出了東京二十三區，必須使用當地政府指定的垃圾袋，要多注意喔！」等等，大家都盡力協助我們尋找房子。

我們四人也在找房子的過程中，也舉辦了一些餘興節目，像是特地跑去顯然高不可攀、一個月房租一百萬日圓的神樂坂別墅裡湊熱鬧，也曾在錦系町看過明明就像是二戰集中營改建的謎之物件，讓我們備感震驚。在這樣的過程中，我們慢慢重整心情，繼續向前邁進尋找理想中的租屋物件。

理想的物件是「文化之家」

隨著時間過去，就在我們四人之間開始產生一種「果然沒辦法輕易找到理想的房子啊～靜下心來慢慢找吧～」的氛圍時，那天突然出現了一個完全體現我們的理想、所有條件全都符合的物件！

・房租二十一萬日圓的獨棟房屋（比我們的預算還低！）。
・位於JR沿線（急行電車的停靠站！）徒步十五分鐘（在可接受範圍內！）。

3　完形崩壞是種心理學現象。指的是長時間看著一個字或者一個單詞時，因大腦重覆接收刺激而抑制神經活動，反而對眼前的字詞產生了不認識感。

・5LDK（剩下的一間房可以當作儲藏室！）。
・起居室十四疊。
・房間的大小為八疊、七疊半、七疊、六疊，室內皆為木頭地板（真是太棒了）。
・廚房・浴室・廁所都重新整修過。
・每一層樓都有廁所與洗手台（早上大家不會擠成一團）。

最重要的是……那一行光彩奪目的文字【可多人合租】！

由於不包含停車場，因此這個物件似乎很不受家庭租客的歡迎，不過，對於沒有車的我們而言，反倒是剛剛好。欸欸，這個房子真的「很可以」吧!?

我：「哦！這個怎麼樣~？」

三上：「有庭院的獨棟房屋！格局跟收納空間都很理想！洗手台有兩個就『贏了』啊！」

角田：「如果可以用到○○站的話，對我通勤來說真是太感謝了。」

丸山：「住這裡的話我要去批發商店街也很方便，真是幫上大忙了。一百一十平方公尺（約為三十三坪）好大喔~」

我：「我以前也住過這個區域，這裡算是住宅區呢，超市應該也不少。」

角田：「這樣的話要是出了什麼差錯，變成不能接受多人合租的話，真的會哭哭。」

我們秒打電話給房屋仲介業者，確認了真的是可接受多人合租、而且還沒有租出去。我們立刻繃緊了神經，馬上趁勢預約了下個周末賞屋。

到了周末，我們帶著彷彿要遠足般的興奮情緒前往房屋仲介公司。那個物件離車站稍微有點距離，因此我們搭了仲介公司的車抵達現場。屋齡的確很久，不過廚房浴室等空間都很乾淨，採光也相當良好。每一個房間的南側都有陽台，還有一個小歸小卻很不錯的庭院。

我：「感覺好像是飯店一樓會有的庭院喔！」

房仲業者：「屋主說，只要不把樹砍倒，房客可以隨意布置庭院沒關係。」

丸山：「哇～真是一個經營家庭菜園的好機會！」

在收納方面，除了儲藏室之外、也附有鞋櫃，平時喜愛穿搭打扮的角田與丸山看了都興奮不已。北側的一間房間內還有隨裝潢附的置衣架，她們兩人的情緒又更高昂了。

丸山：「這樣鞋子就可以愛放多少就放多少了～～！」

角田：「置衣架上面還有櫃子，這裡可以用來放和服嗎？」

三上&我：「當然囉～（擺出勝利姿勢）」

的確，如果這間房間可以成為大家的收納空間就好了。能讓人湧現出實際居住想像的房子，就是一間好房子。

對我來說，我有一件想要在賞屋時確認清楚的事，那就是插座數量。因為阿宅的傢私很多，我現在一個人住的套房裡，就有家電、電玩主機、電腦、平板等，需要使用的線路非常多，所以新搬去的地方也必須要有很多插座才行。雖然一般而言老舊的房子插座會比較少，不過這間房子老歸老，不過相對來說插座已經算是多的了，讓我鬆了一口氣。

另一方面，電視的天線只有起居室才有，不過比起電視、我們平常都是看網路節目，所以就算只有起居室才有電視天線也不成問題，只要用我的全錄錄影機，就不會錯過任何想收看的電視節目了。

對我們而言，非得要追求高品質視聽環境的只有當時預計要播出的《偶像夢幻祭》而已，而且當時這個節目的播出時間已經延期再延期，究竟會不會播出還很令人擔心。之後還會不會再沉迷音樂節目也是未知數，這種突發性的例子有很多，因此大家應該不至於會為了搶遙控器而打起來吧！

扯太遠了，回歸正題。在起居室旁邊的八疊空間，設置有像是書櫃的架子，感覺起來也很像書房。大致繞了一圈之後，整體上都散發出一股這裡是「某種文化工作者居住的地方」的氛圍，因此我們把這間獨棟房屋稱為「文化之家」。

我們都徹底陷入了「好想住在這個『文化之家』（暫稱）裡……」的心情。房屋仲介也說：「這間房子的房東包容度很高，就算是朋友一起合租，我覺得只要通過審查應該就沒問題。」哇！審查……這句話瞬間就把我跟丸山這兩個自由工作者拉回了現實。

不過，不試試看怎麼知道呢？反正申請入住又不用錢。最重要的是，因為我們真的「很想住進這裡」，所以提出了入住申請。而且我們還為了回去之後可以再繼續討論而把整個環境錄影下來，絲毫不留遺憾地離開了「文化之家」。

可是，此時出了狀況。三上的父母表示反對她跟別人合租房子。

三十歲之後的合租，以及結婚的難關

「我們要妳『離開家裡』的意思是要妳自己獨立或是結婚才搬出去住。跟朋友一起合租，我們是不會同意的。」

這似乎是她父母的說詞。吼～這種想法到底是……，不對，這種想法很普遍，應該大家都是這樣想的吧。

因為我很早就離開家了，所以父母幾乎不會對我多說些什麼。就連這次與朋友合租的事，我跟父母提過之後，他們也只是「隨妳高興吧（笑）」這種程度的反應而已。不過，我也明白孩子要「離開家裡」對父母而言是一件很重大的事。怎麼可能讓孩子隨便住進來路不明的中年女性之家呢？這也沒辦法，我們也沒有理由要跟她的父母起爭執。於是，三上對我們說了「非常抱歉」後，我們三個剩下的人則回應她：「我們也是決定得太倉促了。」那～接下來該怎麼辦才好呢～

我們三個人討論後，列出了這兩個選項：

・考慮再找一個人。

．找適合三個人住的房子。

大家決定這兩個方向都同時進行，繼續尋找下去。

「這麼說來，那個人曾經抱怨過現在住的房子房租太貴了～」，我第一個想到的就是曾經跟我在工作上合作過好幾次、後來成為朋友的同年齡編輯．夢宮。她是在大型出版社工作的工作狂，薪水也很優渥，不過大部分收入都投入在二點五次元舞台劇的門票上了，所以我曾聽她說過房租是很大的負擔。

我：「妳之前不是有抱怨過『現在住的房子房租太貴了～』嗎？我想要跟朋友一起合租房子，妳覺得如何？」

夢宮：「好棒喔！可是，這樣的話一定會跟婚姻無緣的，我先不考慮。我可是還沒放棄結婚的喔！」

對對對，我都忘了。她除了深陷於二點五次元舞台劇之外，也同時深陷於婚活[4]之中。的

4 婚活是指，為了尋覓婚姻伴侶而努力進行各種活動，最常見的就是聯誼會。

確，男女之間想讓感情升溫（這是什麼說法！），就應該要有更多能讓感情升溫的地方才行。要是跟朋友一起住的話，就無法開口跟對方說出：「要不要來我家？」這句以增進感情為前提的問句了。跟朋友一起住確實很可能不利於婚活。

我：「這樣啊～那就沒辦法了。等我們搬到新家後，要來玩喔～」

夢宮：「嗯嗯！我一定會去！啊！對了！我奇蹟似地獲得了兩張《A3！》舞台劇的門票！我不想轉賣，妳要不要跟我一起去？是我現在最愛的演員演我最愛的角色喔～～～！」

妳這傢伙，根本就沒有在認真進行婚活嘛。

先別管舞台劇了，說到要找三、四十歲左右的女性一起合租房子，是否希望結婚這件事的確會成為一個很大的阻礙。在第一章裡也有提到，我自己現在是沒什麼想要談戀愛的心情，在角田與丸山她們的人生中戀愛的排序並沒有這麼前面。雖然這只不過是我自己的感覺而已，不過，阿宅之所以會這麼對一起合租房子興致勃勃，也可能是因為跟一般人相比、阿宅比較不會將戀愛與共組家庭放在人生中的優先選項吧……？當然，我們不會像漫畫《海月姬》一樣禁止男性，進出，應該還是要「看人」吧！

在漫畫《地獄的女朋友》中，雖然裡面有描述到宅女們抱著各自不同的價值觀，熱烈討論著異性的話題，不過我覺得我們應該不會這樣。雖說如此，要是我們之間有誰突然談起戀愛的話，應該也會很有趣吧（宅女就是這樣會想要立刻把事情歸納到「有趣」）。

在這之後，雖然也有問過幾個朋友，不過她們都紛紛以「沒辦法時時顧慮別人」、「以前曾因為金錢糾紛而跟共居室友不歡而散」等理由拒絕了，找得並不順利。

既然沒辦法找到第四個人，5LDK的「文化之家」就會有多出空房，而且這樣就超出每個人需分擔的預算了。因此我們也同時在找適合三人共居的物件，不過老實說，我們的心裡還是一直覺得「好不容易找到的成果就這麼泡湯了!!」

三人×六萬，也就是說我們只能以十八萬日圓租下3LDK的房子。從租房網站來看，四人×六萬、也就是二十四萬日圓4LDK的房子等級的確要好得多了。跟之前以四人為前提找房子時相比，現在出現的都是些條件很差的物件，這讓我們的心情越來越低落。而且，最重要的是那間「文化之家」實在是太完美了。

我們還曾經找到一間山手線沿線、看起來還不錯的物件，我們立刻就前往賞屋。當下一看那間房子的確不錯，但隔壁房子再怎麼看都像是廢墟，不僅窗戶玻璃破裂、連我們看的這間房子陽台都被隔壁的爬牆虎入侵，到了夏天蚊蟲一定很多。隔壁的大門上，還貼著一張寫著意義不明的奇怪文字。如果隔壁不是廢墟、而是真的有人住在裡面的話，感覺還更可怕呢！

我們一邊討論著：「這樣租不下去吧」、「沒想到租房子居然還有隔壁這種陷阱」，一路垂頭喪氣地踏上歸途。

丸山：「嗯～，好想住進『文化之家』喔～」

角田：「好想住喔～」

我：「還有沒有人可以一起啊。」

在電車裡，我們不由自主地呈現一種「虛無」的狀態。

為了轉換心情，我拿出了手機，滑滑推特、玩玩線上遊戲，跟我一樣看著手機的角田，突然喃喃自語（不是在推特上、而是在現實中）了起來。

「不知道星野怎麼樣？」

對我們而言，就像是桃園四結義

在我的記憶中，星野住在北關東，偶爾會為了參加東京的同人展而來到東京，是一位熱衷線上遊戲的宅女。我也跟她喝過幾次茶，交換彼此喜歡的玩偶。星野與角田在看舞台劇方面很合得來，因此她們兩人更熟一點。可是，她的職場不是在北關東嗎？

角田：「不是，星野最近換工作了，換到東京都內的公司。」

我：「這樣啊？」

角田：「之前我跟她見面的時候，她還透露：『通勤要花將近兩小時好累哦』。」

丸山：「這不正是天賜良機嗎？」

這的確是一個好機會。我們馬上拜託角田跟她提合租房子的事，她很快就回覆：「我有興趣。」──真是太棒了！

剛好那週末角田與星野約好了要一起去看舞台劇。為了「打鐵趁熱」，我們也約好了當天一起見面聊聊。當天，約在會場附近的乾淨喫茶店見面的我們，帶著一臉奇妙的表情，開門見山地告訴她「我們想要住在這個物件，可是臨時少了一個人，妳有興趣嗎？」

星野：「對耶，這附近的車站離我現在的工作地點搭電車只要二十分鐘。我現在要花將近兩小時通勤，如果可以住在這一區的話就太好了。雖然我們公司也有轉調的制度，不過我覺得這幾年內應該還不會輪到我。」

角田：「雖然距離車站有點遠，不過徒步三分鐘就能抵達開往車站的公車站牌，車站前面好像也有很多腳踏車停車格。」

丸山：「順帶一提，內部裝潢大概像是這樣（給她看賞屋那天拍的『文化之家』影片）」

我：「房租是二十一萬，如果由四人均分的話，一人大概是五萬多一點，不過因為我們兩個自由工作者待在家裡的時間比較長，我們打算要多出一點。」

星野：「哦哦……」

我&角田&丸山：「妳覺得怎麼樣呢？」

星野：「我想跟爸媽討論一下，我可以帶回去看嗎？」

聽到「爸媽」這個關鍵字，我們三人都不禁有點緊張。就只有父母的這關我們什麼忙都幫不上，只能默默地焦慮等待。

幾天後，角田傳ＬＩＮＥ通知大家：「星野說她爸媽ＯＫ！」我立刻把手機畫面切換到通話，撥給房屋仲介業者詢問：「那間房子現在還空著嗎？」「還空著喔！」太棒了！我再度把手機畫面切換到ＬＩＮＥ。

我：「對方說還空著！」

丸山：「太好了！有把握住這次機會！」

角田：（《賭博默示錄》主角開司的「超感謝！」貼圖）

我：「邀請星野加入這個群組吧！」

星野：「請大家多多指教。」（《偶像夢幻祭》冰鷹北斗的「我來了！」貼圖）

丸山：（《阿松》十四松抱著聖澤庄之助喊著「要當成傳家之寶！」的貼圖）

原本是三個人的ＬＩＮＥ群組現在又再度變成了四個人，而且大家都分別丟了能表現出自己喜悅心情的貼圖。這就是我們的桃園三結義，只是多了一個人。

這樣洋洋灑灑寫下來，雖然看起來好像是漫無目的地尋找室友，不過其實在我心中還是有一定的寬鬆標準。

包含三上，我們幾個人都是在 mixi 或推特認識十年左右的朋友。以年為單位的這段日子裡，只要看她們的社群網站，除了能看到她們喜歡與沉迷的事物之外，也能觀察出她們習慣的溝通方式、對時事新聞會有什麼反應等等，可以大致上了解她們的為人。舉例來說，就算是擁有同樣興趣的兩個人，但如果一個是愛聊八卦話題的粉絲、一個是會對偶像留下失禮留言的粉絲，即使住在同一個屋簷下，我覺得應該也無法和睦相處。

在這個時間點，我覺得現在的成員、包含我自己，都有「這些人相處起來應該沒問題」的默契。雖然彼此並不是如同摯友般的堅固情誼，不過在「一起生活」的前提下，至少大家價值觀比較相近，應該就不會有什麼問題。

距離那個暗自哭泣的秋日夜晚也才不到兩個月，我的想法就漸漸成形了。這麼說來，最近我也沒有再因為覺得寂寞而哭泣了。

還是第一次得知大家的本名

就在我寫郵件給房屋仲介業者想要提出申請住進「文化之家」時，對方傳來了PDF檔，要我們先填好基本資訊。

(1) 希望住進去的日期。
(2) 所有入住者的姓名．住址．電話．年收入．任職單位。
(3) 決定1位契約名義人，登記其姓名。
(4) 附上契約名義人的身分證影本。

我在LINE上各自傳達好必要事項後，陸續收到了回覆。

實際上，到了這個時候，我連有些人的本名都還不知道。因為過去我們都一直用網路ID來稱呼對方。這麼說雖然很失禮，不過看到超乎預料外的本名還真是讓我吃了一驚。也有人比起本名、感覺網路ID更適合她。要不是因為事情發展至此，也許我們會一直都不知道對方的本名吧。也許有些人會完全無法理解，我們怎麼會想要跟這樣的對象住在一起吧！不過，就跟上一篇說過的一樣，我認識她們平時的為人，所以對我來說這完全不成問題。比起本名，要得知大家的年收入這一點讓我覺得有點抱歉。不過，這也是沒辦法的，對不起啊。

郵件中寫著，房客需要通過保證公司的審核。這麼說來，在我們賞屋時，房屋仲介業者也說過：「這間房子的房東說只要能通過保證公司的審核，無論是房客是誰都沒關係。」

所謂的審核是什麼呢？我查詢了辭典，上面寫著：「經過詳細調查後，認定是否採納・適合・優劣等。」也就是說，房東必須依照某種基準來判斷我們是否能每個月如期繳交二十一萬日圓的租金。

房屋仲介業者提供了兩間保證公司的資料，要我們從中選擇一間。其中一間的審查比較嚴格但價格比較便宜，另外一間則是相反。我將文件資料截圖後傳到ＬＩＮＥ群組中，詢問大家的意見。

丸山：「便宜的就好吧？」

我：「那就選便宜的那間公司吧！畢竟我是最早發起的人，我想由我來簽約好了。雖然因為我是自由工作者的關係，不知道能不能通過審核，不過我想先由我來試試看好嗎？」

角田：「要是藤谷沒有通過審核的話，就由我來申請好了，畢竟我是不會轉調的上班族。」

星野：「我也沒問題。」

我：「嗚，抱歉……我是四天王裡最弱的那位……」

於是，我們就這麼開始著手挑戰審核了。

保證公司似乎也分為很多種，聽說有些公司還需要連帶保證人，或是除了契約名義人之外的成員也要成為保證人等等，我們選的保證公司則是需要除了入住者以外的連帶保證人。

我以往的經驗都是請父母當我的保證人，是說除了父母之外我也沒有別的選擇。我以為這次也會很快獲得採納，毫不猶豫地填了父母的聯絡方式後就提出了申請。接下來就等回覆就好……，但卻沒有通過！怎麼會!?我在跟保證公司的電話裡還念了我跟別人共著的書名（《すべての道はV系へ通ず》（暫譯：《條條大路通視覺系樂團》））耶！

房屋仲介業者的說法是：「由於藤谷小姐是自由工作者，如果就連連帶保證人都沒有加入社會保險的話，應該是沒辦法通過審核的。」原來是這樣啊～？我父親已經退休，現在已經轉換跑道成為悠閒的自營業者了！

這樣啊……原來以往的租賃契約中，父親都還是上班族的緣故才能通過審核呀。現在只剩下請別位室友成為契約名義人，或是我再找別的保證人這兩個選項了。

畢竟我才是起頭的那個人，我盡量不想讓別人承擔起這個責任。都已經到這個地步了，就選後者吧！所以我開始思考還可以找誰當保證人。在我們四姊妹中，只有排行老三的妹妹是唯一的正職上班族，也只能試著拜託她了。我覺得拜託妹妹比拜託父母的難度高多了，這究竟是為什麼呢？

這位排行老三的妹妹，就是我當初來到東京時，因為生活方向不同而火速拆夥的妹妹。我們只是不適合住在一起而已，平常偶爾也會相約一起吃飯，關係還蠻好的。雖然我本來就知道她跟我不一樣，人真的很好，我猜她應該不會拒絕我，不過在ＬＩＮＥ上她立刻回覆我：「哇，妳這次要跟朋友合租呀？感覺好好玩喔！保證人？好啊～」，如此輕易就答應反倒讓我有點擔心。她到底知不知道保證人是什麼意思呀（雖然很值得感謝）？姊姊我會努力不遲交房租的！

託妹妹的福，這次順利通過審核了！鏘、鏘鏘～……不過，這樣的機制對於獨生子女很不利吧!?當然，除了父母之外，只要有人想當保證人就可以當，不過實際上應該幾乎沒有人會願意為了別人這麼做吧。在現代少子高齡化的社會中，這應該會漸漸成為一個問題吧！還是其實已經是個大問題了？

無論如何，只要通過審核就可以租下這間房子了。期待已久的契約終於可以進入下一個階段。

在這個時間點，我們還沒決定總額二十一萬日圓的租金每個人要如何分攤。不過，不管怎麼說都會比我現在住的套房八萬五千日圓來得便宜，而且還能大幅改善居住環境。所以，找人合租房子最重要的理由「降低生活開銷」已經獲得解決了，鏘、鏘鏘～

「只是試試看而已居然就成功了」的事情一一匯聚

不過，在這之前曾發生一點小問題。星野的公司有一項關於房租補助的福利，條件是「補助本人、配偶或家人簽約的房屋租金。」吼～我們合租的房子可是囊括了四個家庭呢。要是以我為名義簽約的話，星野就無法領到房租的補助了。星野得知這個消息後感到萬分沮喪。

星野：「聽說如果房屋租賃契約書上沒有登記我的名字的話，就沒有證據證明我有在付租金！」

丸山：「你們公司怎麼這樣！」

我：「我當自由工作者太久了，還真的沒想到會有這種事。」

角田：「真不愧是日本・傳統・企業耶。」

星野：「我們公司太食古不化了啦！」

也就是說，為了解決這件事，難道要我們四個人都成為契約名義人，在契約書上寫明我們各自分擔房租嗎？咦？真的可以這樣做嗎？抱著死馬當活馬醫的心情詢問了房屋仲介業者，對方回覆：「可能沒辦法耶。」嗯，果然是這樣～

因為，「要是在契約上事先註明了每個人需支付的租金金額，萬一到時候有人退出的話，就變成剩下的人只要付自己的租金就好，這樣對房東而言會很不利。」也是吼～

雖然我自己是沒有在日本傳統企業工作過，但就算是相關福利很優渥，要是沒辦法照顧到不符合資格的人，這樣就一點意義都沒有了呀。我實在是沒辦法認同～

還有沒有什麼方法呢？當星野向公司確認規定時，得到的回應為：要接受租房補助必須要有「租賃契約書或類似的文件」那只要有「類似的文件」就行了吧！既然如此，那我們就乾脆惱羞成怒，由房東、我們與房屋仲介公司製作一份房租分攤約定書吧。反正，用自己的角度解釋規則、強詞奪理，本來就是阿宅們的拿手好戲。

房租總共二十一萬日圓，考量到每個人在家的時間多寡，我們決定由自由工作雙人組多分攤一些，因此，我與丸山各出六萬日圓，角田出五萬日圓，星野出四萬日圓。什麼～如此寬闊的廚房、具有重新加溫功能的浴缸，竟然只要六萬日圓就能租到，真是太便宜了。星野就用這份文件向公司提出申請，來個回馬槍！

這份文件本身當然不具備法律效力，不過，反正我們的對象並不是法律、而是一間公司，試試看又不會怎麼樣，當然要試試看囉。

當然，這樣的文件在公司並沒有先例，據說總務處那邊也遲疑了很久。不過，最後終於通過了申請。太棒了！只是試試看而已居然就成功了！

至於為什麼星野會這麼有毅力呢？據說是因為最近公司也一樣用「沒有男性請過育嬰假」為由，駁回了一位同事的育嬰假申請。在他持續不懈地跟公司交涉之後，終於順利獲得了育嬰假。正因為有這樣的「前例」，星野才會覺得也許跟朋友合租房子的租金補助，只要持續跟公司交涉應該就能獲得。藉由一點一滴改變自己的公司，也許就能讓整個社會的風氣變得越來越好。透過這次的租賃契約，讓我深切感受到了這一點。

「只是試試看而已居然就成功了」的事，還有契約年份也是。這個物件按照東京都內的租賃相關規定，屬於2年內的定期租賃契約（※可續約），但萬一兩年就結束契約的話，考慮到下一次搬家的費用，這樣C／P值實在是太低了。

於是，我們這次又再度抱著死馬當活馬醫的心情，透過房屋仲介業者拜託房東：「因為我們計劃想長久住在這裡，不知道能不能稍微延長契約期間呢？」，房東便很乾脆地將契約年份改成三年了。我們的LINE群組中充滿了此起彼落的慶祝貼圖，希望以後的共居生活也可以像這樣，有越來越多「只是試試看而已居然就成功了」的好事，一帆風順地一直生活下去。

在我們忙進忙出的這段期間，時間一轉眼就到了年底，要等到明年初才能實際與房東簽訂契約書。所以我們就決定暫時各自準備搬家、並選購新居的家具等。在LINE群組中，我們一方面討論入住時的注意事項，一方面可能是因為就快要一起生活了，我們開始熱烈地討論起明年的話題。

星野：「就快要到新年了呢！」

角田：「要買明年的聖誕樹嗎？」

我：「應該是先買門松吧！」

丸山：「是要放在哪裡啦～！」

因為我們各自職業的關係，每個人年底休假的時間都不一樣，為了年底工作收尾與準備搬家，我們的行程都亂成一團，但興致上卻很高昂。剛好在一年前的這個時候，我正與當時的伴侶談分手，精神狀況跌到谷底時又要面臨年初的搬家。這次一樣也是要在年初搬家，不過這次卻是「開心的搬家」，讓我覺得我的人生又往前邁進了一步。

你有從朋友手中接過七十五萬日圓的經驗嗎？

簽約日期是一月十七日，入住日期則是二十五日。

這次搬家所需要的初期開銷是一百零三萬四千兩百一十九日圓。除以四等份的話大約是二十五萬日圓，雖然比一個人獨自搬家要來得稍微便宜一些，不過還是一筆嚇人的費用。雖然阿宅們的嘴裡常嚷嚷著一百兆，不過就算是一億分之一的一百萬圓，也是非常貴重的。由於星野會稍微晚一點住進來，因此只有第一個月的房租是由三人分攤，我請大家在簽約日期之前，將各自要付的金額匯到我的戶頭。

以往跟朋友之間的金錢往來，只限於幫忙代墊門票錢、幫忙買周邊或同人誌之類的，這次的等級完全不一樣，而且還相差了兩位數！要以好幾十萬為單位收下別人的錢，壓力不是普通的大。真希望快點到簽約日啊～～～！

到了當天，我偏偏發了高燒。肩膀也痛得不得了，整個身體都要四分五裂了。老實說我很想在家躺著，但畢竟我是契約名義人，而且簽約時沒有全員到齊恐怕會很麻煩，因此我意識模糊地站起身來，前往房屋仲介公司。

雖然全員都順利到齊了，不過還是被房屋仲介業者唸了：有一位成員跟上次賞屋時不一樣呢！我們在先前就曾說明過，合租的成員有可能會有更動。不過在這個時間點更動，感覺起來的確會有點奇怪。話說回來，我們應該要事先跟對方說清楚才對！啾咪～我們當下也只能低頭道歉，表示：「之後不會再臨時改變成員了。」

我們一起研究契約書，確認沒有任何問題後，接著謹慎地在契約書上蓋章，簽約手續就順利結束了。接下來就要、就要匯錢了。大家都圍在旁邊緊張地吞口水，我坐在房屋仲介公司的櫃檯前打開網路銀行，打算轉帳大約一百萬日圓……咦？失敗了。怎麼會這樣？經過確認後，發現好像是超過了轉帳金額上限。我急忙重新更改設定。由於我以前從來沒有餘額在一秒內少這麼多的經驗，不知為何就連呼吸都變得急促，難道是墜入愛河了嗎？

我們本來打算「都用信用卡付款，把點數拿來購買掃地機器人～」，但這間房屋仲介公司不接受信用卡付款，真是太可惜了。啊啊，我的掃地機器人～

接下來，我們雙方開始溝通一些細節，像是：「有一間房間沒有冷氣，我們可以自己安裝嗎？」、「賞屋時有留意到浴室的換氣扇有雜音，想請房東幫忙看看」等等。除了我以外的成員們，為了要測量窗戶大小、確認洗衣機與冰箱寬度等，一踏出房屋仲介公司就直接前往「文化之家」那我呢？當然是直接前往醫院呀！（去了醫院後發現我得了流感，沒有傳染給大家真是太好了。）

那天晚上，我們在ＬＩＮＥ群組裡分享著簽約的喜悅及之後的計畫。

角田：「簽約順利完成真是太好了。」

我：（《POP TEAM EPIC》POP子的「開心」貼圖）

丸山：「太棒了～」（《KING of PRISM》的比呂大人無限擁抱貼圖）

星野：「雖然我會晚一點才搬進去，還是要請大家多多關照！」（《阿松》的土下座貼圖）

我：「啊，在開始共居之前有件事想跟大家確認，我工作比較忙的時候會工作到半夜、甚至是早上，如果你們會在意的話請跟我說。」

星野：「我房間就在妳的隔壁，我覺得應該沒差吧！」

角田：「起居室旁邊是丸山的房間，如果會太晚回來的話，要盡量小聲一點喔。」

丸山：「如果真的會在意的話，我就買耳塞好了。」

角田：「我想跟大家說的是，我平常泡澡會泡超過一小時，如果是假日的話差不多會到兩小時。」

我：「反正是自由工作者，隨時都可以泡澡，只要跟大家錯開時間就沒問題！　還有，我常會忘記關燈、關門，我會盡量改掉的……」

丸山：「我也會忘記關燈。這間房子的爐具是ＩＨ爐，所以不用擔心火災的問題。」

星野：「這麼說來我……（下略）。」

漸漸地，我們的聊天轉變為各自自曝缺點的研討會，夜也越來越深了。在我因為流感而臥病在床的此時，大家都開始在準備新生活了。如果是一個人獨居的話，是絕對不可能這樣的。雖然途中曾更換成員、也曾一度沒通過審核，發生了許多預料之外的事，但無論如何我們都一一解決了，這樣真是再好也不過了。雖然我還未退燒，但心情卻非常平和。但願以後也能慢慢地越來越好。

究竟需不需要沙發呢？我們熱烈爭論到早上（沒有啦）！

房子確定下來之後，這裡就是我們的根據地了。我們決定從起居室開始著手選購家具。由於這裡是大家會聚在一起的地方，一定要好好討論該布置成什麼樣的空間才行。

我：「起居室的照明我想要用黑色的水晶吊燈，因為我就是視覺系的嘛……」

角田：「這樣打掃起來會很辛苦。」

我：「不行嗎？（笑臉）」

丸山：「美賽。（笑臉）」

星野：「不行。（笑臉）」

少數服從多數，我們決定用Francfranc的簡約風格燈具。反、反正我也不是真心非用黑色吊燈不可啦！

丸山：「那，藤谷妳希望起居室是什麼風格呢？」

我：「嗯，感覺簡約一點的？我完全沒有具體概念，不好意思。」

有學過設計的丸山，在ＬＩＮＥ群組裡傳了好幾張起居室空間的照片，為我們進行說明。

丸山：「這是中世紀風、這是工業風、這是鄉村風。」

我：「嗯……雖然也不是完全要一模一樣，不過我覺得中世紀風感覺不錯。」

角田：「耐看一點的設計比較好。」

星野：「感覺跟燈具的設計蠻搭的，好像不錯耶。」

於是，我們決定要在Francfranc與宜得利可以搞定的範圍內，打造出中世紀風起居室。

由於餐桌應該會佔據起居室很大的空間，在選擇餐桌時，必須好好拿捏自由工作雙人組與上班族雙人組之間的感受差異。對我們自由工作者而言，工作時也希望可以利用到起居室的空間，因此比較想要購置長度一百八十公分的餐桌，但對兩位上班族而言，卻會認為這樣「會讓起居室的動線變得很差。」我們協調過後，決定折衷購置一百六十公分的餐桌。至於餐椅也因為考量到工作時可能會長時間坐在上面，我們決定選擇坐墊紮實、並搭配方便清理的防撥水性材質椅套。餐桌與餐椅都選用宜得利，果然都很有宜得利「物超所值」的精神。

只是，不知道是哪個環節出了紕漏、還是原本就弄錯了，我們很晚才發現原來餐桌椅套組會比入住日晚到很多天。也就是說，我們必須在一月的冬日裡坐在超級嚴寒的起居室地板上用餐，陷入無可挽回的窘境。這樣還算是「物超所值」嗎……？算了，沒有確認清楚本來就是我們的錯！

十四疊的起居室裡空蕩蕩的，感覺起來很大。大家七嘴八舌地討論：「要是有沙發就好了」、「我老家好像有多一張按摩椅，可以放在這裡吧」，不過，以前曾與人同居、住過稍大起居室的我卻持反對意見。

我：「沙發絕~~~~~對會用來堆雜物!!」

丸山：「會嗎？」

我：「真的會！反正我是會。就算規定不准在沙發上堆東西，我覺得我還是會堆。因為我就是這種人。」

星野：「我老家有沙發，家人的確會在沙發上堆放各種東西。」

我：「因為也還要保留丸山的工作空間，我們先擺好餐桌椅後，再來考慮接下來要再添購什麼吧（認真）！」

角田：「好。」

實際住了一段時間之後，大家都覺得起居室裡只需要餐桌椅就很夠用了。如果光是看平面圖的話，可能會讓人想要把各種東西都擺進起居室，不過，考慮到大家方便活動的話，家具少一點、空間寬一點會比較好。只是還需要招待客人用的椅子，所以我們添購了兩張設計類似的小椅子，平常就當作是起居室裡的零食區、或是用來擺放收到的包裹郵件。

接下來，當四個人開始一起生活後，不免會出現一些共用的小東西。

角田：「因為我腰痛很嚴重，浴室的椅子我想要用高腳椅。」

丸山：「那我也可以許願嗎？洗臉盆我想要懸掛式的。」

我：「說到這個，那天賞屋的時候好像沒看到浴缸的蓋子吧？」

星野：「浴缸的蓋子要挑容易清洗的比較好吧！」

於是，浴室的一系列用品，包含洗臉盆跟海綿等都是以「絕對不會殘留水垢」為前提購入，全都可以懸吊在空中收納。這麼一來，打掃時真的變得很輕鬆！

此外，我們還添購了傘架。因為玄關大、人數也多，之前用的傘架已經不敷使用了。

星野：「如果一人一把雨傘的話，就買四支用的吧？」

角田：「把客人的雨傘、或是偶爾買的塑膠傘也計算在內的話，多一點的會比較好吧！」

我：「可是，一搜尋比家庭用傘架更大的尺寸，就會出現業務用的傘架了。我們用不到三十六支傘吧！又不是開公司。」

在搜尋的過程中，我們在樂天找到便宜的十支用傘架，獲得了大家一致同意。當我們陸續討論的過程中，可以發現即使是再怎麼小的物品，也都會有人抱有意想不到的堅持。在大家的眼裡，想必我也有這樣的一面吧！這讓我再一次深刻感受到，正因為是跟大家一起生活，每一件事都一定要好好溝通才行。

家具家電等添購品項的計算，就交由很會使用表格的星野，將我們添購的物品金額一項一項輸入 GOOGLE 試算表，這麼一來就能自動計算出每個人應該要付多少錢了。感恩星野、讚嘆 GOOGLE 試算表。

其中，比較大筆的支出就是起居室十四疊空間所需的空調了，大約二十四萬日圓左右。嗚，好貴。不過幸運的是，無須添購就可以直接使用的家電與家具出乎意料外地多。像是起居室的電視就由角田提供，因為角田「自己幾乎沒在用」；而洗衣機、微波爐、炊飯鍋，因為我去年搬家時才剛全部換新，所以直接用我的就好了。冰箱則是因為「小小派對」群組裡的朋友表示：「想要換一台更大的冰箱」，所以就把四百公升的冰箱讓給我們了，而電視櫃也是丸山的朋友不要的，而且還直接幫我們搬到家裡。

朋友一旦來往多年，一定會因為彼此人生階段的改變而產生距離。不過，在這種時候大家能夠像這樣聚集起來（不一定要真的是物理上的相聚），給予彼此各種好玩有趣的支持，我覺得真的是一件很值得感謝的事。

心情高低起伏的新居落成

在搬家前，我們得分配好各自的房間。這間獨棟房屋共有五個房間，分別是緊鄰一樓起居室的八疊房間、二樓南側有附收納櫃的七疊房間、沒有收納櫃的七疊半疊房間與六疊房間，還有一間北側的六疊房間。

希望把起居室一隅當作是工作空間的丸山，自動搬進了位於一樓的八疊房間。而我則因為想要把書架放在牆邊，有收納櫃反而礙事，所以我就接收了大家都不想要的二樓無收納櫃七疊半房間。接下來，丸山與星野則以猜拳的方式決定，角田搬進七疊、星野搬進六疊的房間。而那間剩下的北側六疊房間，則作為大家共用的儲藏室。也因為這樣的房間分配，星野繳的房租可以稍微便宜一點。

接下來，就該調整大家的搬家日期了。除了要晚一點搬進來的星野，我們三人必須決定好各自要搬進來的日期才行。因為萬一不小心撞期了，一定會是一場大亂鬥。

我：「因為入住日期是訂在一月二十五日（禮拜五），就由可以在平日行動的我或丸山搬進來吧！然後，角田可以在週末搬進來。」

角田：「這樣真是幫上我大忙了。」

丸山：「禮拜五的話，對我的工作排程而言會有點吃緊，禮拜一會比較好。」

我：「那我就禮拜五去跟房屋仲介業者拿鑰匙搬進來囉！我當天也會確認水管跟瓦斯開關有沒有問題。」

星野：「雖然本來就是都靠你們了，不過還是要請大家多多關照！」（插畫素材網《IRASUTOYA》的鞠躬貼圖）

接下來，我們就開始各自準備搬家了。我委託上次搬家時也曾來幫忙的附近搬家業者，他們還說：「這不像是一個人住的家當耶」，包含打包服務共七萬五千日幣搞定。對肩膀受傷的我而言，可以有人幫忙打包真是太感謝了。話說回來，我們的ＬＩＮＥ群組中每天都有各種跟搬家有關的留言，像是丸山發火：「我明明就備註不方便接電話了，就不要給我打電話來！可惡的搬家詢價網站！」、角田感嘆：「沒有電梯但卻要從三樓自行丟棄大型家電根本就不可能啊～」順帶一提，丸山跟角田在搬家時的行李分量也都讓搬家公司嘖嘖稱奇。

一轉眼就到了第一個入住者——我搬家的當天。由於我是第一次搬到獨棟房屋，給搬家業者的指令很不明確，再加上這棟房子也相當老舊了，狹窄的樓梯與走廊令搬家業者困擾了一陣子，不過到了傍晚還是順利搬完了。同一時間，事前指定好送貨日期的浴室用品及傘架等也都準時送達了，我也順便把這些東西都就定位。我拍了照傳到ＬＩＮＥ群組裡。

我：「我這樣擺了喔。」

丸山：「哦，是『家』耶！」

角田：「謝謝～」

星野：「這樣看起來就好有現實感喔！」

的確，當東西都就定位後，就有種「家」的感覺了。而且，一個人待著就感覺屋子裡的空間特別大，我一邊大叫著：「哇～是新家～！」，一邊在起居室裡翻觔斗、還跳了一遍Golden Bomber的〈沒骨氣〉（女々しくて），自顧自地嗨了一輪後，已經太陽下山了……好冷！哦哦，冷爆了！因為很重要所以講兩次。

由於當時是一月底，老舊木造建築裡又沒什麼人，到了夜晚寒意就會從地底竄上來，所以真的很冷。室內溫度實際上跟野外沒什麼兩樣，而且不知為何我房間的空調好像也有點問題，狂熱的心情與房間內的寒意呈現天壤之別，讓人心情高低起伏不定。那天我把自己的行李收拾得差不多後，就用棉被把自己包起來，邊發抖邊睡覺。雖然身體很冷，但面對接下來即將展開的新生活，又不由自主地興奮起來，心情上還是很暖。

到了週末，輪到角田要搬進來了。沒想到她媽媽也一起過來幫忙。先不論自己的父母如何，其他人的父母不知道是怎麼看待我們合租房子的這件事，讓我有點不安。不過，她媽媽似乎覺得很好玩的樣子，讓我稍微安心了一點。我們還一起組裝了微波爐櫃呢！

禮拜一是丸山搬進來的日子，但她的表情有點陰鬱。一問她原因才知道，原來前一天是一位傑尼斯粉絲朋友去幫她搬家打包行李。沒錯，那天就是二〇一九年一月二十七日，嵐宣布停止活動的那一天。朋友聽聞這個噩耗後整個人變得茫然若失，帶著沉痛的表情陪她一起搬家打包。這不是任何人的錯。

順帶一提，目前為止每個成員搬家進來時，各自的搬家業者都表示：「合租房子很罕見呢！」是真的有這麼罕見嗎？

總算有三人相聚的禮拜一晚上，我們把零食堆在起居室地板，簡單地舉杯慶祝了一下。希望接下來可以舒服自在、感情融洽地一起生活。雖然地板上真的很冷！由於這棟房子的起居室裡也有瓦斯管線，我們立刻就把添購瓦斯暖爐加進待辦事項裡。

隔天早上角田出門上班時，察覺到這個家還少了門口的名牌。她在上班的途中就傳了LINE訊息給我們。

角田：「說到這個，門口的名牌要怎麼樣比較好？」

我：「啊，完全忘記這件事了。」

丸山：「要不要弄個超豪華的石雕呢（笑）」

我：「而且要把所有人的名字都寫上去。」

星野：「可是這樣的話，萬一之後有人搬出去就麻煩了。」

我：「真的。」

後來，我們決定製作一人一片磁鐵式的名牌。把四片名牌貼在信箱上的那瞬間，感覺「文化之家」就正式成了我們的家。

洋溢著濃濃的老宅氛圍

後來，星野也順利搬了進來。一直遲遲還沒到貨的餐桌也終於送到了。把家具組裝完成後，當天晚上我們特地全員集合，圍在餐桌旁一起享用晚餐。

我：「燒肉～～～～～～～！（紅～～～～～～～！[5]）」

我們在全新的餐桌放上烤爐，開始舉辦自宅燒肉祭。我們大手筆的以牛肉當作主菜。雖說如此，我們也到了不能吃太油的年紀了，所以其實算是蔬菜偏多的健康燒肉祭，好像也不太適合引用 X JAPAN。

丸山：「我要烤肉囉～」

我：「蔬菜好好吃！」

星野：「屋子裡一下子就煙霧瀰漫了（笑）」

我：「蔬菜好好吃！」

角田：「肉也要吃啦！」

現在想想才發現，這個家裡好像沒有很會喝酒的人。也許這也是我們這些成員會聚在一起的原因之一吧，不太會喝酒的我一手拿著烏龍茶、一邊這麼思考著。雖然大家都可以喝酒，不過都是淺嘗即止而已，廚房裡也擺放著利口酒與外國的特殊啤酒，我下次也喝一點看看吧。當然沒有人會強迫灌別人酒，每個人都各自按照自己的喜好、烤著自己想吃的食物，以自己的步調享用，沒有人會強迫別人怎麼品嘗、也沒有人會發酒瘋，這樣的燒肉之夜真是輕鬆又愉快。

在我們享用餐後的冰淇淋時，角田忽然對大家說：「我可以說一件事嗎？」

角田：「那個～……妳們不覺得這個家，感覺真的很像老宅嗎？」

我：「（插嘴）我懂！」

丸山：「就是啊！」

星野：「我才搬進來幾天而已就超有這種感覺！」

5　〈紅〉是X JAPAN的一首單曲名，在演唱會現場上為了帶動氣氛通常會大喊「紅」（紅だ／kurenaida）這個字。

沒錯，這間起居室真的很有「老宅」的氛圍。

雖然實際上這個家跟真正的老家無論在隔間或任何地方都沒有相同之處，不過整體而言就是很有「老宅」的氛圍、或者可以說就像是小學時朋友家的感覺。比方說門閂形狀、裝潢的間接照明等，這個家的各處細節都剛剛好的老舊，因此也散發出一種令人安心的氛圍。那些經過我們討論且符合預算的家具設計，也徹底跟這個家融為一體。雖然當初完全沒預料到，但住起來真的很舒適。

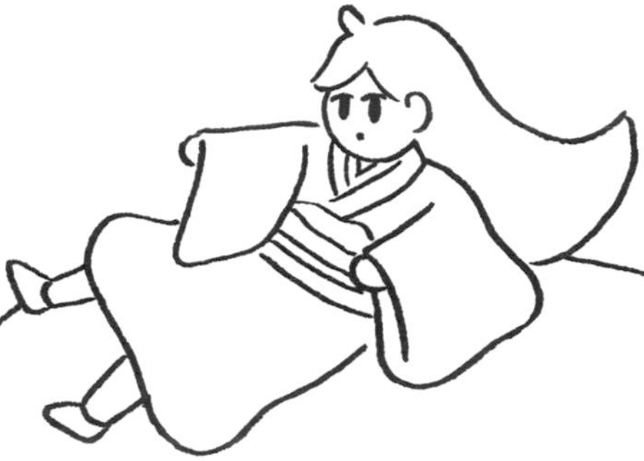

第3章

春夏秋冬共居進行式！

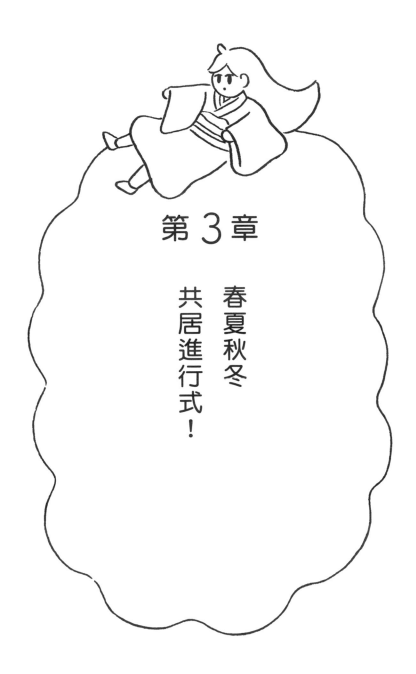

「房屋宅」的新坑狂熱＆對家事的定義不同

在我們御宅族的世界裡，有一種被稱之為「新坑狂熱」的現象。通常是指一個人全心沉浸在全新的領域或對象，眼裡看到的所有事物感覺都跟著迷的事物有關，心情超嗨～的感覺。我記得當初剛搬進來這個家的我們，就完全陷入這個狀態中。

對我而言，這是自從我離開老家後第一次生活在獨棟房屋裡。無論是寬闊的起居室、可以舒服伸直雙腳的浴缸、採光良好的陽台……全都不是以我自己一個人的收入獨自生活可以享受得到的水準。在上一章也有提到，這個家除了屋齡有點久之外，完全無可挑剔。在剛入住時，大家都紛紛讚嘆：「這個家真的好讚～」、「真心超愛一千％～」，可見我們有多滿意這間房子。

大家都真心愛上了「文化之家」，但是，無論再怎麼「沉迷」，只要過於狂熱就有可能會走火入魔。因為對沉迷的事物太狂熱導致物極必反，相信只要是身為粉絲或御宅族都一定有過一兩次這樣的經驗。「文化之家」當然也不例外。剛搬進來的那陣子，大家都興致勃勃地抱著

「一定要好好整理家裡」的雄心壯志，打算努力維持房子的整潔。

某天，當我踏出房門，看到丸山正在打掃走廊。哦！這裡我昨天才剛打掃過耶。

我：「啊，走廊我昨天已經打掃過了。」

丸山說著：「啊~原來如此，難怪我覺得好像蠻乾淨的。」便停下了手邊的動作。

我：「不好意思，沒先跟妳說。」

丸山：「不會啦，那我今天來掃別的地方好了。」

另一天，我心想要把浴室用品上的水垢都清乾淨，打算把檸檬酸放進剩下的泡澡水，準備好好打掃一番、朝著浴室走去時，才發現星野正把剩下的泡澡水放掉，一邊開始準備打掃。她看到我手上拿著檸檬酸的袋子，手忙腳亂地跟我說：「哇~不好意思！」我對她說：「不會啦，是我沒先跟妳說，我才不好意思。我明天再弄喔~」結果到了隔天早上，則是換成角田倒掉了泡澡水（之後這樣的事也重覆發生）。

顯然，我們之間的「報告．聯繫．討論」系統出了問題。這種事累積得越來越多後，大家都意識到必須一起討論家事分配的問題。因為這種事情要是沒有一個明確的準則，一定會有人做白工。

星野：「家事要不要也用ＡＰＰ一起管理看看呢？」

丸山：「然後列出待辦清單嗎？」

角田：「來找找看有沒有比較好用的ＡＰＰ吧？」

我：「了解～」

比較過好幾個ＡＰＰ後，我們決定採用 Microsoft 名為「To Do」的待辦清單ＡＰＰ，不僅可以跟好幾個人共享內容，也可以從一天到一年為單位重複發派工作。

而我們最重要的前提是，要盡可能減少要做的家事。除了利用 Scrubbing Bubbles 出的浴廁清潔產品、拋棄式馬桶刷之外，廚房與餐桌也利用拋棄式抹布擦拭檯面，省了洗抹布的手續。大家都一致同意可以利用現代進步產品的地方就要盡可能利用。於是，我們共同討論出下列的打掃清單。

【每天】

．更換洗臉盆、廁所、廚房的毛巾。

．打掃浴缸。

【三天一次】

．更換擦拭檯面用的抹布。

．打掃廁所。

【每週一次】

．清潔起居室、走廊等公共區域。

【每個月一次】

．用檸檬酸清潔廚房、浴廁等。

．清潔嵌入式洗碗機。

【兩個月一次】

．清潔洗衣槽。

剛開始的一到兩個月，需要一些時間磨合彼此的價值觀。平常大家對於自己沉迷事物的解釋都會各自不同了，在居住方面當然也會有各自的差異。

角田：「如果方便的話，白天有人在家時，希望可以把走廊跟儲藏室的窗戶打開來通風。」

我：「我在家的時候會打開來的～」

丸山：「料理酒現在是放在外面，可以的話我想要放進冰箱裡耶。」

星野：「大家都沒有異議的話就這麼辦吧！」

我：「以後就放進冰箱吧～」

諸如此類的生活瑣事，每個人在意的程度都不相同。我們決定基本上盡量配合最在意的人的標準行事。

經過這樣的種種磨合後，現在我們不會指定要誰做某項家事，只要是當下有空的人做就好。我常聽說，在共同生活的狀態下若是採取如此寬鬆的規範，就很容易會有人偷懶、變成家事都集中在某人身上。結果導致做最多家事的人心生不滿。

可是，不知道是我們四個人的特質、又或者是阿宅的特質就是如此，我們家並沒有發生家事只集中在其中一人身上的這種事，我們之間大部分關於家事的對話都是：「沒關係、沒關係，我來做就好！」，總會有人搶先去做；不然就是「這禮拜我什麼都沒做，真抱歉！」我想也許是因為我們並不是那種會依賴彼此的親密關係、彼此之間還有點見外的緣故。

雖說如此，但還是有發生過因為太依賴對方而導致的蠢事，那就是鎖門。而且犯人正是我本人。我回家時不小心忘記鎖上玄關的大門了，而且還連續兩天。

早上，當我還在房間裡昏昏欲睡的時候，角田傳來了LINE訊息。只要我們沒有全員集合時，即使在家裡也會用LINE對話。

角田：「我剛剛要出門倒垃圾時，發現大門沒有鎖上耶……」

原本睡眼惺忪的我馬上驚醒，昨天最晚回家的人應該是我。

我：「啊啊，應該是我。」

角田：「雖然大門是關上的，不過沒有鎖起來的話就沒有意義了。昨天我回家時，大門也沒有鎖上。」

我：「對不起，昨天應該也是我沒有鎖門。怎麼會這樣呢……」

因為我，整個晚上大門都是沒有鎖上的狀態。真是太粗心大意了。以前我一個人住的時候，從來不曾忘記鎖上大門，難道是這棟獨棟房屋給我的老家感太強烈了嗎？在不知不覺中我也開始依賴大家，莫名地覺得「應該會有人來做這件事。」我覺得一定要好好警惕自己才行，立刻就在玄關大門口貼上一張「要記得鎖門！」這張紙目前依然貼在大門口。

「除了《POP TEAM EPIC》盤子之外，其餘皆可拋」

搬家告一段落後，過沒多久我們就察覺到一件事。

……那就是盤子真的好多。

鍋碗瓢盆都收納在系統廚櫃下層的抽屜裡。可是當每個人都各自拿了自己一人生活使用的碗盤過來後，抽屜櫃很快就爆滿了。

我：「碗盤是不是太多了呀！」

角田：「嚴格來講是保鮮盒最多。」

星野：「料理筷也有四、五組呢！」

我：「削皮刀也有三把！」

丸山：「要召開選評會了～～～～～～（紅～～～～～～）！」

首先，我們把那些再怎麼看都覺得不需要的泛黃塑膠盒與保鮮盒扔進了垃圾桶。接下來再各自指名自己喜愛的餐具後，其它的全部斷捨離。得向近藤麻理惠老師學習，那些不再令自己怦然心動的東西就該斷捨離才對。在一個週六的下午，我們把所有碗盤都攤在餐桌上，大家開始各自取捨選擇。

角田：「那個，這個盤子跟這個杯子我想要留下來。」

丸山：「嗯，碗公應該要留著比較好吧，紅酒杯說不定也會用得到。還有哪些要留下來呢～等我一下喔！」

真不愧是喜歡下廚的人，對餐具也很講究呢。咦，那我呢？

我：「我的餐具中除了《POP TEAM EPIC》的盤子之外，其它全都是無印良品或百元商店買的，都可以處理掉沒關係。」

星野：「妳也決定得太快了吧！」

她們三人留下自己喜愛的餐具後，剩下的就都丟了，接著在KEYUCA添購平常要用、而且可以放進洗碗機的四套餐具。把餐具統一成同樣形狀，無論是在洗滌或收納時都比較方便。

雖然如此，但我們平常幾乎沒有一起在餐桌上排列出成套的餐具。因為我們各自的工作與宅女行程繁多，待在家裡的時間並不多，而且我們都是那種在當天傍晚「一拿到當日券就要殺去看演唱會／舞台劇」的行動派生物，所以我們並沒有硬性規定誰要輪流下廚。

雖然每次有人在家時，都經常會出現這樣的對話：「我做太多了，妳要吃一點嗎？」、「我要吃～♡」，但我們都並不想要讓每個人的「義務」增加。回家後桌上有飯菜並不是理所當然的，對我們而言，這種狀態反倒比較輕鬆，「有晚餐真是太幸運了！」、「對方樂意享用我做的飯真是太棒了！」，保持著這種有點距離的感覺，有人願意做飯、有人願意共享，我覺得這樣彼此在精神上都是最理想的狀態。

我自己也曾因為「今天大家都在家，偶爾來幫大家做飯好了～」，而煮了一頓咖哩。不過，我是用以前自己一個人吃的感覺來拿捏四人份，一不小心做了滿滿一大鍋咖哩。又不是在賑粥！

大家都紛紛安慰我：「沒關係沒關係」的隔天，換成丸山憑感覺煮了滿滿一大鍋豬肉蔬菜味噌湯。又不是在賑粥！

當然，也有發生過食材重疊的情況。有一次我前往附近的超市，心想著可以分給大家吃，就買了豬五花肉回去，結果星野也買了豬五花肉回家。待在家裡的星野聞聲而來，我們三個人站在冰箱前不知所措。

我：「糟了。」

丸山：「這也沒辦法，要做成火鍋嗎？」

星野：「要來想想方法避免大家買到重複的食材呢。」

丸山：「啊，那就這麼辦吧！等我一下喔！」

丸山回到自己的房間後，悉悉窣窣地好像在做些什麼，從房裡傳來打字與啟動印表機的聲音。

丸山：「把這個像這樣擺在這邊，就成了這樣～～～！」

她手裡拿的是軟性磁鐵片。她把「紅蘿蔔」、「洋蔥」、「豬五花肉」等常買的食材做成名條，再將印有【冰箱裡有】、【冷凍庫裡有】、【目前沒有】【要買的食材】的公告欄，牢牢貼在冰箱外牆上。

丸山：「這就取名為：『用磁鐵掌握冰箱食材』吧！」

星野：「簡直就是小林製藥的命名哏嘛！」

我：「這樣真的是一目了然！」

這個主意真的很讚，就連日後前來家裡玩的主婦雜誌編輯都說想要拍照下來。如果是雙薪家庭的話，一定要試試這個方法！我們家自從採用這一招後，就再也不曾出現某種食材堆積如山的狀況了。

大家一起使用的米、蔬菜、調味料等名條上，貼有橘色的圓形貼紙。在我們家，每個人每月要出一萬五千日圓的共同基金；貼有橘色標籤的食材，購買時就要用共同的信用卡支付。

信用卡收在起居室裡的貴重物品保管箱裡，需要的時候大家可以各自取出使用。不過，畢竟我們都是凡人，總會有在需要時忘記帶出門的時候。要是發生這種情況，就可以從起居室裡的存錢筒裡，收回自己先代墊的金額。

要是有人吃了別人所做的飯，就要在存錢筒裡放進一百日圓左右的金額。我們就是利用這樣的飲食互動來存錢。雖然這樣算錢的確很不實際，但要是算得太精，反而會讓人覺得Ｃ／Ｐ值很低吧。

我們一起負擔的共同基金也會拿來支付日常用品與水電瓦斯費。雖然我們也曾考慮過用「文化之家」的名義辦一個戶頭，不過手續實在是太麻煩了，所以就用我的戶頭跟信用卡一次解決，目前為止還沒有產生什麼不便的地方。

《默默》是宅女的必讀書單嗎？？？

住在室內與室外體感溫度幾乎一樣冷的「文化之家」，這年冬天總算結束了。時序進入三月之後，不需要開暖氣的日子越來越多。先前把天氣太冷當作藉口，搬進來時一直都還沒好好整理的東西，也是時候該開始著手收拾了。我們好不容易撐起沉重的身子，從書籍開始著手整理。

在六疊大小的儲藏室裡，我們把書櫃放在窗戶下方的空間。於是共用書櫃就這麼完成了。大家各自把原本堆在自己房間書櫃裡的書本都挪過來這裡。放眼望去有漫畫、小說、雜誌、參考書籍等等，各種領域的書籍都陳列在這裡。

我的是音樂雜誌，丸山的是漫畫類跟服飾類，角田的是文學作品，星野的則是科幻類與學術書籍居多。感覺從書本就可以看出主人的特質呢！

我突然發現，書櫃裡出現了兩本重複的書。

我：「麥可．安迪的《默默》有兩本耶！」

丸山：「是我的。」

角田：「我也有。」

星野：「我是因為覺得：『一定會有人帶來』，所以我的放在老家。」

我：「哇賽，妳也太了解大家了吧～」

難道宅女們都非得擁有麥可・安迪的的《默默》不可嗎？我就連書名都沒聽過耶……說到撞書，我們還發覺漫畫《變身席格那》的群眾募資續集新作，我們四人裡就有三人參與募資。果然是同個年代的啊～「這麼說來還沒上網修改寄送地址耶！」我們滿心期待地各自修改地址。所以，不久之後這個家就會收到三本同樣的書了……

接下來就輪到玄關的鞋櫃了。玄關的鞋櫃高度直達天花板，L字型的鞋櫃最寬更達一百公分，可以收進非常多雙鞋。太棒了，來好好收拾吧！我們興致勃勃地開始排列鞋子沒多久，四個人都停下了手邊的動作。

我：「嗯，這個嘛。」

角田：「這個鞋櫃是不是完全不夠放呀？」

丸山：「書的話我是有料想到，但鞋子我完全沒預料到會這樣。」

星野：「我們要不要在鞋櫃裡裝伸縮架啊？」

於是，我們施展星野魔法，在原本的鞋櫃裡裝了伸縮架之後，可收納的鞋量就順利翻倍了。但即便如此，整個鞋櫃還是被塞得滿滿、毫無一絲空隙，壯觀的程度比起書櫃有過之而無不及，而且一樣能從其中看出每個人的個性。

丸山：「哪一雙是誰的鞋子，不用特別說都能很容易『感覺』得出來耶。」

我：「鮮豔的三原色運動鞋是星野的，奇形怪狀的高跟鞋是角田的，整體色彩跟設計都很奪目搶眼的鞋子是丸山的，剩下那些樸素的鞋子就是我的！」

星野：「答對了！」

角田：「奇形怪狀……？」

我：「不是啦，就是、蠻有『個性』的……」

我們一致同意：「雖然鞋櫃很大，但還是不要增加太多鞋子比較好。」於是協議好要各自調整自己的鞋子數量，以免徒增困擾。

不管發生什麼事都還殘存三條命

進新家大約兩個月後，也許是因為季節轉換的緣故，丸山在ＬＩＮＥ上跟大家報告：「身體狀況不佳、現在動不了。」另一方面，角田忙著加班，每天都半夜才回家，星野則是要因公出差一個禮拜左右，所以家裡的可用人力只剩我一個。

ＬＩＮＥ群組中大家的留言非常熱烈。

角田：「丸山，妳還好嗎？雖然我會比較晚回去，需要買什麼的話我可以幫妳買喔！」

丸山：「不好意思……，我想要優格跟香蕉……」

我：「我待會要出門，我順便去幫妳買吧！」

星野：「沒辦法為這個家幫上忙真是抱歉。」

我：「不需要道歉啦～」

我把買回來的東西掛在丸山房門的把手上，再傳ＬＩＮＥ告訴她。接著，我默默地把我可以做的家事都做完了。

我們的生活基本上都是互相幫忙。像我在截稿前忙得昏天暗地時，也是靠大家幫忙做家事。用打電動來比喻的話，就像是永遠都還剩三條命一樣。就算有三條命都陣亡了，遊戲依然不會GG，真的很強。

丸山休養了四～五天身體就好多了。在這段期間裡，要說我有幫她什麼忙的話，充其量也只有偶爾去幫她買東西而已。如果是跟另一半或家人一起住的話，就不可能只有這樣了，應該會需要更呵護備至地照顧對方吧！就如同我剛剛說過的，我們都不想讓彼此的「義務」增加，但如果是另一半或家人的話，就會很容易覺得「呵護備至的照顧＝愛」，不是嗎？如果不這麼做的話，可能還會覺得不太高興。不過，在這個家裡完全沒有必要行使這種義務，我對這一點非常滿意。

雖然如此，我還是曾在某個夜裡，被無可救藥的悲傷淹沒時受到大家的撫慰。因為並不是只有身體狀態不佳會「擊垮」人類。

四月一日的傍晚，我在網路新聞上看到某個樂團解散的消息，而且這並不是愚人節的玩笑。我整個人趴在起居室的桌上，這時共居的室友們剛好陸續回來了。

角田：「藤谷，妳還好嗎？」

我：「嗚，他們停止活動了……」

丸山：「他們應該是有什麼原因，才會非現在公布不可吧……要不要泡杯茶呢？」

角田：「我買壽司回來了喔！」（驚！）

星野：「我買了啤酒。」（驚！）

我：「哇啊～」

餐桌上擺放著壽司跟啤酒，整個氣氛就好像是在喪禮守夜[1]一樣。不過實際上也真的就是在守夜。因為共居室友們都是同樣的年齡層，大家都深知那個樂團的人氣及影響力。

丸山：「『以為永遠都一直會在身邊的就是父母與偶像了[2]』，是這樣說的吧……」

星野：「反正今天就先大吃一頓吧。」

角田：「也稍微喝一點吧。」

1　日本葬禮的習俗中，親友會過夜守靈向逝者表達敬意，家屬會準備餐點給前來守夜的親友。

2　日本諺語，原本應是「以為會一直在身邊的就是父母與金錢。」以父母並不會一直在身邊照顧自己、金錢若是不知節制的話也會山窮水盡作為警惕。

我：「嗚嗚，嗯～」

那天夜裡，大家一邊吃著壽司一邊說起各自的回憶，真的是守夜無誤。家裡就有可以跟自己一同承擔「悲傷」的人，似乎也還不賴。

改元派對與令和蛋糕

隨著天氣漸漸變暖，冷得要命的文化之家也終於不再需要開暖氣了。有些朋友聽到我們開始合租房子，從剛搬進來時就嚷嚷著「好想過來玩。」不過，因為當時實在是太冷了，我都一律回答：「等到春天再來吧！」時序進入四月後，正是找朋友來「文化之家」玩的好時機。

丸山：「機會難得，不如來舉辦『改元派對』吧！」

我：「什麼『機會難得』，真是完全聽不懂耶……不過我覺得『很可以』喔！」

丸山：「不覺得很想要烤個鯛魚嗎？」

我：「這是在玩諧音哏嗎？（日語中「鯛魚」與「想要」同音）」
星野：「感覺很值得慶祝嘛～」
角田：「也來準備好酒吧！」

到了黃金週的中期、也就是改元當天，有三位共同朋友來到了我們家。

星野：「歡迎光臨～」
朋友1：「這就是傳說中的『文化之家』！」
朋友2：「真的很有老宅的感覺，就像是奶奶家一樣舒服耶。」
朋友3：「我們現在人這麼多，所有人都還有椅子坐，真不錯耶！」
我：「其實今天還少了一張椅子，所以我要坐在瑜珈球上！」
朋友1：「是喔？」
丸山：「感覺很好玩呀！」

大家一起收看著改元相關特別節目，一邊吐槽電視裡人物的服裝，大肆喧鬧的同時，丸山正在烤盤上做著料理。

丸山：「好了，開幕儀式要開始囉！」

就跟她之前預告的一樣，她烤了鯛魚。正確來說應該是蒸烤才對。辛香料的香味撲鼻而來。

我：「哇！真的有慶祝的感覺了耶。」

角田：「在值得慶祝的場合烤鯛魚，我是第一次在家裡這樣弄耶。」

丸山：「如果不是這種場合，烤鯛魚很奇怪吧！」

大家都圍在餐桌前面。雖然我因為坐在瑜珈球上有點不太方便好好享用，不過鯛魚依然美味。而且這尾鯛魚是丸山特地事先向鮮魚店訂購，一大早特地去拿回來的，真是太厲害了。話說回來，蒸烤鯛魚是可以在自家裡做的菜色嗎？我從來沒想過要在家裡做這道菜。沒一會兒，鯛魚就從餐桌上消失了。

朋友2：「為了回報鯛魚，我可以做蛋糕嗎？我有帶材料過來。」
角田：「你要……做蛋糕……？」
丸山：「要用廚房的話我帶你去。」

在我們這群朋友中，朋友2跟丸山一樣都是很擅長料理的人物。他在廚房裡忙了一陣子，終於傳出海綿蛋糕烤好的香氣，朋友2端著蛋糕出現在我們眼前。

朋友2：「令和蛋糕烤好了！」
丸山：「上面寫著『令和』！」
我：「令和蛋糕耶！」
星野：「令和蛋糕到底是什麼啦!?」

大家圍著令和蛋糕，忙不迭地拍紀念照。當然囉，我們這類宅女只會拍蛋糕本體的紀念照，人是不會入鏡的。接著，大家一起享用了美味的蛋糕。

經常會有共同的朋友們過來「文化之家」玩。每當這種時候，我們都會利用大大的餐桌來做料理，大家熱鬧一番。為了讓有小孩的朋友們也能過來玩，我們還添購了兒童椅。

丸山：「今天要跟朋友的小孩一起舉辦『包餃子大會』」

我：「真是一目了然的大會名稱耶。」

朋友：「到時候就請多多幫忙了！」

我：啪噠（隨便發出一聲類似包餃子的聲音）

丸山：「小孩包的都比妳包的好吃吧！」

又有一天，先前製作出令和蛋糕的朋友又過來家裡，她這次完美重現了店裡賣的甜甜圈。

朋友：「今天我要按照某甜甜圈店的食譜，舉辦『做甜甜圈大會』。」

我：「真的做得出來嗎？」

丸山：「如果按照食譜做的話，應該做得出來吧！」

我：沙沙（發出隨便倒麵粉的聲音）

星野：「啊！這傢伙已經打算不按照食譜來了。」

角田：「甜點要是憑感覺做的話，絕對會失敗的喔！」

麵糰發酵大約需要兩到三小時，接著等到甜甜圈成形還要再花一小時左右。在這段時間裡，我們也同時舉辦了ＤＶＤ《Fate/Grand Order THE STAGE —神聖圓桌領域卡美洛—》的放映會。

朋友在巧克力的調溫方面也非常講究，最後終於完成了表面充滿光澤的甜甜圈，看起來就跟店裡賣的沒有兩樣。因為實在是太「上鏡」了，我們又跟當初看到令和蛋糕時一樣，對著甜甜圈狂拍著沒有人入鏡的照片。甜甜圈的味道也真的跟店裡賣的相比毫不遜色。不過，因為甜甜圈實在做得太多了，多到連盤子都不夠放，後來還讓朋友當作伴手禮帶回去。在這個家裡還可以獲得這樣的體驗，真的很有趣。儘管如此，文化之家舉辦的活動並沒有強制一定要全員參加，這點也讓我覺得很自在。

化身為夜市的「文化之家」

由於角田在尾牙上抽中了章魚燒機帶回家，所以家裡有陣子流行舉辦章魚燒派對，簡稱「章燒派」。

我也躬逢其盛，跟過來家裡玩的三上兩個人一起舉辦了章燒派。我們無視於正在起居室一隅工作的丸山，在餐桌上興致勃勃地開始烤起了章魚燒。我是第一次挑戰烤章魚燒，不出所料，我烤出了超失敗的白色章魚燒。

因為成品實在是太荒唐了，三上爆笑不止，我也被自己的失敗作逗樂了，忙著拍照上傳到社群網站上，正當我們氣氛嗨到最高點時，關西出身的丸山經過我們身旁，她喃喃自語了起來。

丸山：「……慢著。」

我・三上：「!?」

丸山：「抱歉！借我一下！」

丸山從我身後鑽了出來，搶走我手上的竹籤。「拍寫拍寫，雖然我知道每個人都有自己喜歡的章魚燒，不過這對關西人來說實在是忍無可忍了。」她一邊道歉，一邊轉動著手腕。看來我做的章魚燒似乎失敗到近乎褻瀆的程度了。真是太好笑了。沒一會兒，原本稱不上是章魚燒的物體，漸漸被修正為漂亮的球形。這就是關西人的厲害……！站在旁邊觀看的我跟三上，不由得齊聲讚嘆。

這件事被稱之為「自尊燒（因關西人自尊心而重作章魚燒的簡稱）事變」，我們時不時就會想起這件事，拿來當笑話講。而且在那之後，丸山還說出：「讓你們嚐嚐什麼是真正的章魚燒」這種根本就像是會從漫畫《美味大挑戰》男主角山岡士郎口中會說的話。從高湯開始親自準備所製作出的章魚燒，真的很美味！

在各種章魚燒設備都一應俱全的我們家，接下來為了迎接夏天的到來，又上亞馬遜訂購了刨冰機。接著，丸山還在工作途中順道在批發商店街入手了切糖[3]。一回神才發現，我們「文化之家」已經漸漸成了夜市。

我們甚至還曾經熱絡地討論要不要購入用來釣溜溜球的水池跟棉花糖機，不過最後還是決

3 日本夏日祭典中切割糖果輪廓換獎品的遊戲，跟韓國的椪糖小遊戲類似。

定「最好不要再讓設備繼續增加下去」，大家總算清醒了過來。

雖然我們最終還是沒有真的舉辦夏日祭典、自己的房間也亂七八糟，但只要有空間能夠招待客人，就可以無拘無束地邀請朋友來玩。這實在是太舒心了。儘管我們嘴裡都嚷嚷著「文化之家」就像是老宅一樣，不過其實這裡跟真正的老宅完全不同，無須在意家人就能盡情使用寬敞的客廳、自由自在地玩耍。以後我們也會繼續大玩特玩的喔～

「文化之家」的日常風景

雖然前面形容得好像這個家裡總是熱熱鬧鬧地在玩，不過平常的生活其實是很平凡低調的。「文化之家」的一整天行程大概是這樣：

早上七～八點左右，身為上班族的角田．星野就會起床使用洗衣機並烘乾。要是我工作到早上的話，也會在洗衣機開始運轉後才去就寢。如果需要丟垃圾的話，她們會先去丟垃圾再去上班。不過，當她們快要遲到、必須飛奔出門時，則由我們自由工作雙人組幫忙丟垃圾。

白天我們會各自工作、打掃浴室。由於我們兩人工作步調不同，基本上午餐都是各自解決。而且因為平常白天都會有人在家，幾乎不曾發生過網購物品被退回、需要重新配送的情況，這也是這個家的方便之處。偶爾等到衣物烘乾後，再把衣物從洗衣機裡拿出來。

若需購買食材或日用品等，有時候是白天在家的自由工作雙人組會負責，有時候則是上班族雙人組會在下班回家時順路購買。偶爾也會由自由工作雙人組用ＬＩＮＥ告知哪些食材不夠，再由上班族雙人組買回家。

晚上七點左右，浴缸會放好熱洗澡水，大家輪流進去泡澡。萬一忘記在ＬＩＮＥ裡面傳一句：「我去泡澡了．我泡好了」，就會搞不清楚「現在到底是誰在裡面」，因此這句話絕對不能忘了傳。大概到十一點左右，所有人都能泡澡完畢。

晚餐有時候是各自解決、有時候會大家一起吃火鍋或烤肉，要是真的嫌麻煩到不行，有時候也會用 Uber Eats 外送。如果只有一個人點外送，Uber Eats 的外送費會感覺有點貴，不過要是好幾個人一起點的話，外送費就不會那麼令人在意了。我覺得這也是跟朋友合租房子的好處之一。大家都用餐完畢後，由最後一個吃完的人按下洗碗機的開關，並收拾廚房。接著大家各自就寢，我有時候則會繼續工作，平常一天下來的流程大概就是這樣。

彼此之間的聯繫幾乎都是用ＬＩＮＥ解決，如果時間能配合的話，也會在起居室說話。我們如果要瘋的話會大玩特玩，平時則過著極為平淡的日常生活。

會撞到喔！

進入梅雨季節後，一樓的濕氣越來越惱人。我的老家也是獨棟房屋，以前住起來有這麼潮濕嗎？我的老家是很簡陋的房子，平常會從隙縫中透風進來，難道是因為這樣才沒有那麼潮濕嗎？還是因為我年紀大了，身體狀況變差了呢？

雖然我不知道原因到底是什麼，總之先上YAHOO!知識＋搜尋，看到似乎可以利用循環扇解決，我就手刀在樂天添購了一台循環扇，放在更衣處。儲藏室裡的空氣也很潮濕，讓人有不好的預感，所以也放置了除濕劑。

院子裡，我們的家庭菜園種植了香草植物，到處都是蚊蟲飛舞。真是生命繁盛的季節啊……玄關入口種的草莓盆栽則引來了蛞蝓，在我們家門前大集合。

丸山：「再這樣下去，蛞蝓都要發展出自己的科技文明了……」

我：「根本就是《火之鳥　未來篇》嘛！」

要是真的建立起蛞蝓文明，要消滅可不是那麼簡單的事，於是我們搜尋了「蛞蝓／消滅」，將頁面中出現的藥劑撒在地上，總算解決了一個麻煩。反倒是我們原本早有預期一定會出現的蟑螂，也許是因為事先放置了蟑螂屋，整個夏天連一隻都沒出現，真令人意外。不過還是不能太大意。

嗯～原來獨棟房屋是需要如此時時維護整頓的呀！讓我不禁聯想到，父母是不是也在我不知道的時候如此努力維護房子呢？

此外，我們家也發生了一件跟季節無關的中型事件，不，應該算是超大麻煩吧！某天當我、星野與丸山一起圍坐在餐桌，有一搭沒一搭地看電視的時候，廚房出現了「咩哩咩哩、啪嚓」這種我們從沒聽過的聲音。此時，文化之家已經是處於梅雨季生物博覽會的狀態，我們面面相覷，彼此心裡都預料到應該是某種動物入侵了。

我：「剛剛是不是有什麼聲音？」

星野：「有。」

我：「廚房的對外門應該有鎖吧！」

星野：「從搬進來到現在，我完全不記得有打開過。」

丸山：「會不會是老鼠？還是果子狸？（怎麼突然自暴自棄了）」

星野：「是不是該拿什麼東西過去？要把報紙捲起來嗎？」

總之，手無寸鐵又擔驚受怕的三個人，一起朝廚房走去。接著，不知道是發生什麼事了，剛搬進來時在宜得利購買的微波爐櫃（木製）的腳架竟然斷裂，整個崩垮了下來。才用半年而已，壽命也太短暫了吧……

因為是「微波爐櫃」，上面當然放著微波爐。從櫃子上滑落的微波爐，不偏不倚撞向了對面的冰箱。

我：「真是完美的對撞啊！不知道它們有沒有彼此靈魂互換？」

丸山：「又不是《轉校生[4]》！」

我：「還是你的前前前世[5]～～」

星野：「肯定不是。」

剛遭受極大撞擊事故的微波爐，雖然插著電，不過因為爐門是敞開的，差點就要啟動加熱功能、變成凶器了（真的超恐怖），而冰箱內部也平安無事，只不過門上凹陷了一個大洞。

那，現在該怎麼辦呢？

我一手拿著手機搜尋宜得利，打電話過去詢問客服發生這種狀況要怎麼辦。詢問電話客服後，還好可以退錢。雖然也可以換貨，不過萬一上演《轉校生》第二季，那就太可怕了。而且宜得利還答應要賠償微波爐櫃上的微波爐金額，真是太棒了～客服的回應果然也是「物超所值！宜得利。」於是，第二台微波爐我們選擇了堅固的不鏽鋼材質。

在日常生活中，雖然總是會不斷發生大大小小的麻煩，不過我們所有成員全都是一遇到困難就會立刻上網搜尋應對措施的類型，所以基本上都沒有釀成大禍。因為這個世界上所有解決問題的方法，在網路上幾乎都有前輩留下經驗談。就算真的有果子狸來造訪我們家，我們應該也會上網搜尋「果子狸／民宅／怎麼辦」吧！

4　《轉校生》為一九八二年的日本電影，描述男女中學生靈魂交換的故事。
5　〈前前前世〉是日本動畫電影《你的名字》的主題曲，由樂團 RADWIMPS 所演唱。

From 老家的爆量蔬菜

一轉眼到了盛夏，我們收到了老家寄來的蔬菜×4。啊啊，為什麼爸媽都超過六十歲了還要下田耕作呢？雖然這真的是一件很值得、超值得感謝的事。

我：「好多喔!!」

角田：「就算我們有四個大人，也吃不完這麼滿滿一大箱的蔬菜吧……」

丸山：「還有長到爆的茄子耶。」

星野：「真的很長，而且真的很多！」

丸山：「這個只能拿來做茄子魚子醬了。」

我：「那是什麼？」

據說所謂的「茄子魚子醬」，是將大量的茄子放進烤箱中烤一小時左右，剝皮後加入橄欖油與辛香料，混合攪拌成泥狀的料理。做完後可以放進瓶子裡冷藏，感覺可以存放一陣子。做好之後，我們馬上就開動了。

我：「啊～這樣說來，外表看起來的確也很像魚子醬耶？」

星野：「聽說就是因為茄子的種子顆粒看起來很像魚子醬，所以才這樣取名的喔！」

角田：「雖然不是真正的魚子醬，但也別有一番風味呢！」

丸山：「太好了～」

據說這道料理的別名是「窮人的魚子醬」不過，做這道料理必須消耗掉那麼大量的茄子，要是真的很窮的話，應該也很難挑戰吧！因為蔬菜真的很貴。

接下來到了暑假[6]。我基本上都是待在家裡把之前累積的工作做完，而丸山會回去關西老家，星野則會去搖滾音樂祭欣賞她喜歡的聲優參與演出的樂團、參加Comiket[7]後，再回老家。角田雖然不回老家，不過她好像幾乎每天都去看同一齣舞台劇，她還在煩惱要不要購買前往舞台劇會場的電車回數券，完全是「通勤」無誤。

總是熱熱鬧鬧的「文化之家」，一旦少了人影，氣氛一下子就變得冷清了起來。雖然是有點寂寞，不過感覺起來也蠻新鮮的，我一時興起又在起居室滾來滾去、用大音量播放電影。假

6 日本企業在夏季會放盂蘭盆節連假，日本上班族稱之為暑假。
7 Comic Market 的簡稱，是日本及全球最大型的同人誌展售會。

期結束後，大家又回到家裡了。

丸山：「伴手禮在這！551蓬萊的豬肉包子！」

星野：「這是名產～！這是我們當地的點心，還有父母要我帶回來的手作磅蛋糕！」

角田：「雖然這不是名產，不過在劇場附近有賣好吃的蛋糕，我就買回來了！」

雖然我平常就有微微察覺到，因為大家經常會因為遠征演唱會、出差、回老家等前往日本全國各地，這個家裡的伴手禮異常地多。雖然起居室一隅還特地設置了點心&名產專區，不過我們家總是就像盂蘭盆節的職場一樣，名產堆積如山。一旦到了真正的盂蘭盆節，家裡的所有空間滿滿都是來自各地的伴手禮，真的非常壯觀。

原來不是無窮無盡的……

無限流水素麵

這個夏天，我有一件想做的事。

一如往常地，共同朋友們來家裡玩的某個傍晚，大家都在喝茶，我則在旁邊自己乒乒乓乓地組裝著秘密武器。

朋友1：「那是什麼？」

我：「你不知道嗎？這是在YouTuber SEIKIN的節目裡常會看到的『超長流水道・素麵滑梯・銀河系』呀！」

朋友2：「不知道啊！而且名字也太長！」

我：「『超長流水道・素麵滑梯・銀河系』就是啊，『素麵通過透明管身的無重力區域無限循環』，亞馬遜的介紹是這樣寫的！（YouTuber語氣）」

朋友3：「誰會聽過啦！」

我：「總之就是可以玩流水素麵的玩具啦！這個可是要七千日圓呢！」

朋友1&2&3：「貴死了！」

我因工作前往TAKARA TOMY的展示會看到這個商品時，就下定決心：「一定要在『文化之家』玩這個。」後來又看到SeikinTV看到介紹，更加深了我想要在家裡玩流水素麵的念頭。於是，我就買下來了。這就叫做用大人的財力買小孩的玩具來玩。

在眾人關切的眼神下，「超長流水道．素麵滑梯．銀河系」（好長）出乎意料地很容易就組裝完成了。我把它放在餐桌正中央，素麵則是丸山幫忙燙熟了。

朋友1：「裝好之後散發出一種異常的氣勢呢！」

我：「我要按下開關囉～」（按）

馬達開啟後推動了水流，素麵從透明的管子裡衝了上來，看起來的確很像是無重力的感覺。接著，素麵開始在管子裡無限循環。圍在旁邊的所有人都一心一意地盯著素麵看。

朋友1：「這要什麼時候拿起來呀？」
我：「憑感覺囉？」
丸山：「（試著放入筷子）好難夾喔！」
朋友2：「哇，麵會逃走耶～」

不用說，素麵的味道並沒有什麼不同。

從此之後，「無重力素麵」的名聲一傳十、十傳百，陸續有朋友來到「文化之家」都指名「想要看素麵！」（應該是要吃才對吧！）。我們整個夏天都一直狂玩流水素麵，感覺已經值回票價了。有買下來真是太好了！畢竟這種遊戲要是人少的話就玩不成了。

在儼然成為夜市的「文化之家」裡，玩著流水素麵、吃著刨冰，簡直就是在家裡舉辦夏日祭典的我們，其實也對地方上的祭典很有興趣。雖然我們家一年大概會繳六百日圓的町內會費，但平常只會收到傳閱板（都已經令和時代了！）而已，像是夏日祭典這種町內會舉辦的活動，從來都沒有收到通知過。

丸山：「雖然在家做刨冰也很好玩，可是我也想去町內會炒炒麵耶！」

我：「不過，一群住在一棟獨棟房屋的四十歲女性，怎麼想都覺得很奇怪吧！要是我站在對方的立場應該也會提高警覺。」

星野：「嗯～這也是事實啦。」

角田：「隔壁的太太不曉得會不會知道祭典的參加辦法？」

隔壁的太太，指的當然就是住在隔壁獨棟房屋的婦人。我們常會把「文化之家」多餘的蔬菜分給她、她也會贈送旅行的伴手禮過來，彼此之間經常有互動。當公民會館舉辦和服穿著教學課程時，喜愛和服的角田還經常跟她站著聊天。雖然隔壁的太太表示：「哎呀，直接參加沒應該關係吧？」不過我們還是有點沒辦法鼓起勇氣去接觸町內會。

靠御宅族的生活必需品・養生膠帶做好防颱準備

秋季來臨了。父母按照慣例寄來了堆積如山的柿子與芋頭，分送給附近鄰居後，總算是順利解決了。而這一年的秋天，除了農產品之外，還有許多東西不請自來，例如颱風。

颱風十九號在十月初來到日本，聽說是很大規模的颱風。自從上個月颱風十五號重擊千葉之後，這次颱風登陸的前幾天開始，新聞與天氣預報就不斷反覆警示：「這次也可以預期災情會相當慘重。」文化之家的建築本身非常老舊，要是瓦礫被刮飛了也是無可奈何，但萬一屋簷飛走可就慘了～我們一邊在起居室看電視確認颱風的動線預測，一邊商討對策。

星野：「哇，我們的家真的沒問題嗎？」

角田：「先把所有雨戶[8]都關起來吧！」

8 雨戶是裝在日式拉門最外層的木製門板，用於防風、防颱、防盜。

我：「還有其它窗戶也要關。」

丸山：「我看網路上說，這種窗戶上可以貼養生膠帶來補強結構。」

角田：「不過好像到處都賣完了耶。」

星野・丸山・我：「家裡的養生膠帶多到可以拿去賣了！」

由於養生膠帶可以在演唱會現場派上很多用處，如果是會出席某些活動的阿宅，通常手邊都會囤超多養生膠帶（※個人調查），而且也很會貼養生膠帶（※個人調查）。雖然在社群網站上也有看到「貼養生膠帶反而更危險」的說法，不過感覺主張要貼的人還是占多數，因此我們決定還是賭賭看「貼膠帶」這招。反正 YouTuber SEIKIN 也貼了。

在剛搬進來時，我們都準備好了一人一套防災用品、緊急糧食、簡易馬桶等。所以就算真的發生什麼意外，應該也還是勉強撐得過去，但畢竟還是有點不安，所以又臨時添購了手提式行動電源。其實我還很想買太陽能板，不過卻被大家勸退：「不用時要處理很麻煩。」由於我小時候讀過齊藤隆夫老師的《陸地沉沒記》，導致我非常害怕天災，一旦開始準備預防天災降臨，就會想要一口氣做好各種準備。因為在《陸地沉沒記》中，儲備糧食、裝備，以及是否具備防災知識，就是能否生存下去最重要的關鍵……

到了颱風直擊東京的當天，不知道是不是因為氣壓的關係，大家都昏昏欲睡，早早就寢了。

隔天早晨，家裡並沒有受到什麼損害，不過電視卻收不到訊號。

丸山：「昨天為止還可以看，對吧！」

我：「現在颱風眼正在東京上方。」

星野：「對呀，昨天半夜的雨聲真的很驚人。」

角田：「要不要確認一下天線？」

我們到了外頭查看屋簷下方的天線，並沒有折到的痕跡。不過，大家都不是專家，只能束手無策。我們早早放棄，打算請業者來修理的當下，發現連接天線的增幅器整個泡水了，因此我們請業者來替換增幅器。可能是因為颱風剛過，業者非常忙碌，只能預約到平日的時間，因此由自由工作雙人組——我跟丸山負責與業者接洽。

星野：「每次都麻煩你們，真不好意思。」

角田：「自由工作者的時間真的很自由耶～」

我：「就是因為太自由了，工作堆積如山時，半夜都不睡覺，我也很不好意思。」

丸山：「就把我們當成是家裡的座敷童子吧！」

我：「或是Q太郎[9]之類的也行。」

共同基金之呼吸・參之型！購入全套《鬼滅之刃》

到了這個時期，我們的共居生活漸漸開始成為我的工作素材之一。以前我曾在不動產自媒體工作過，在跟裡面的編輯聊到目前的共居生活時，對方覺得很有趣，就這麼在媒體上開始了關於共居生活的連載。我邊回顧找房子、搬家、決定家事分擔的過程等，邊振筆疾書記錄下來。這是我第一次嘗試專欄連載，從中學習到了很多；室友們也都覺得：「像這樣記錄下來好有趣喔～」對我的工作讚譽有加。

我不只是把這些事寫下來而已，還有邀我對談的工作找上門。十一月時，在宅女團體・劇團雌貓主辦的見面會中，我作為跟朋友合租房子共居的代表登場。那場見面會是為了紀念書籍出版而舉辦，書籍主題為各種形式的戀愛，所以在會場中除了介紹在書籍中出現的花絮之外，也有提供婚活服務的業者針對宅女解說婚活市場。其中，我就是排除戀愛與結婚、選擇與朋友共居的當事人，大家分別闡述各種生活形式的優缺點。最後，得出的結論是：「無論是跟朋友合租或結婚，最重要的都是磨合與確認彼此的想法～」

那場活動場合中非常熱鬧，尤其是當我聊到「我們拿共同基金購買《鬼滅之刃》時，全場的來賓都超捧場，大家都聽得深表贊同。畢竟要在公開場合露面，讓大家捧腹大笑就是我的目標。不管怎麼說，我認為最重要的就是要讓大家覺得「有趣」。

見面會結束後，我望向手機，收到了來參加見面會的角田傳來的ＬＩＮＥ訊息。

角田：「《鬼滅之刃》那件事是已經確定了嗎？」

我：「難道沒有確定嗎？」

9　Ｑ太郎是藤子不二雄的漫畫《小鬼Ｑ太郎》主角。

嘩啊啊啊啊～（墜入回憶漩渦的聲音）。

那是前陣子大家一起在起居室收看《鬼滅之刃》動畫最後一集時的事。

我：「咦，動畫是在這裡結束嗎？」

星野：「接下來好像會出劇場版～」

角田：「距離上映好像還要很久～」

我：「真的嗎？可是，柱幾乎只有自我介紹而已呀！」

丸山：「我猜應該是在劇場版中會出現吧，然後就會死掉囉！」

我：「哇啊～！有看過漫畫的人就這樣隨便爆雷，而且還是這麼悲傷的雷！」

丸山：「哇哈哈！接下來只會發生更悲傷的事喔！」

讓全體成員都這麼著迷的動畫，真的很難得。雖然在夏天時大家也有一起收看《HiGH & LOW THE WORST EPISODE. 0》，不過正確來說沉迷的人只有我，其他人都像是《發條橘子》裡的主角一樣，幾乎算是被強迫收看的。

大家當時都興致勃勃地表示：「好想看完《鬼滅之刃》原作喔～」，這時有人提議：「如果大家都要看的話，乾脆用共同基金買下來吧？」，我依稀記得當時大家都覺得：「真是好主意！」，但後來的確還沒有正式決定這件事。

嘩啊啊啊啊～（從回憶漩渦回到現實的聲音）

我重新在ＬＩＮＥ群組中跟大家提起這件事。

我：「大家覺得怎麼樣？我覺得可以買下來耶。」

丸山：「好呀～我也想看紙本漫畫。」

星野：「當然！」

角田：「大家都同意的話，我也沒問題。」

果然，磨合與確認彼此的想法真的很重要～於是，《鬼滅之刃》全集就這樣來到了我們家。順帶一提，其中我最喜歡的人物就是伊之助。

一日四刷
EXIT「禁欲暗記王」的家

在11月劇團雌貓的見面會活動中，我曾跟大家分享：「那種沒辦法在社群網站對粉絲們說的作品感想，只要是在宅女們一起共居的家裡，都可以在起居室跟大家一吐為快，而且還不會在網路上留下足跡，讓人覺得很安心。」實際上，角田有一次曾經看了一場「超空虛」的舞台劇，臉色蒼白地回到家。

星野：「妳回來啦～舞台劇好看嗎？」

角田：「……」

丸山：「哦？」

我：「妳今天看的是什麼？」

角田：「[redacted]演出的舞台劇。」

丸山：「啊～聽說那齣喜歡的人很喜歡、討厭的人很討厭呢！」

我：「這齣舞台劇『拿偶像當作賣點』也掀起了一陣話題呢！」

角田：「我說啊，我是知道他們有想要嘗試的東西，可是，舞台劇本．來．就．是～～～～（以下省略無限的抱怨）。」

平時向來冷靜的角田，難得如此激動地說個不停。這可真是一件大事。雖然她平時經常會說：「與其抱怨自己討厭什麼、不如多說一點喜歡的事物吧！」，但偶爾也會出現這樣的夜晚，情緒激動地抱怨讓她不悅、討厭的事物。

不用說，像是前幾天大家一起觀看《鬼滅之刃》，大肆討論自己喜愛的事物時，也會把氣氛炒得很嗨。雖然也有許多御宅族會透過社群網站吸引別人進入自己喜愛的領域，不過，我們家則是會有點強制性地讓彼此接觸自己喜愛的元素，當然並不會硬性強迫啦……

某天，大家都出門了，我在空無一人的起居室裡收看著隨意錄影下來的深夜綜藝節目《神之舌》。儘管我平常幾乎沒有在看綜藝節目，但偶爾還是會看一下這個節目。

這一集內容是備受歡迎的年輕搞笑藝人．ＥＸＩＴ的「禁欲暗記王」單元。這是《神之舌》節目中非常受到歡迎的一個單元，由搞笑藝人挑戰背誦主持人給的單字，劇團一人所率領的「讓人分心隊」則會演出奇怪的短劇干擾搞笑藝人背誦單字。雖然我並不是ＥＸＩＴ的粉絲，但我蠻喜歡這個節目的。每次播出後都會在網路上掀起熱烈討論，我也覺得很合理。

怎麼說呢，兩個男人之間有著「堅定不移的感情」，這實在是太直擊本人 a.k.a. 宅女的心了。

這麼一來，我也想把這個節目給我的室友 a.k.a. 宅女們看。在我心中甚至產生了謎樣的使命感，覺得「慘了，這個不給大家看不行。」第一個回到家的丸山，立刻就被我抓住了。

我：「妳先看這個再說。」（按下重播鍵）

丸山：「!?」

～30分鐘後～

丸山：「嗚哇～～～～～～～～」

接著，星野也回到家了。

我&丸山：「妳先看這個再說。」（按下重播鍵）

星野：「!?」

～30分鐘後～

星野：「嗚哇～～～～～～～」

最後，角田也回家了。

我&丸山&星野：「妳先看這個再說。」（按下重播鍵）

角田：「!?」

～30分鐘後～

角田：「嗚哇～～～～～～～」

我想，應該沒有多少戶人家會在一天內播放四次《神之舌》的錄影吧！裡面短劇中播放的歌曲是菅田將輝的〈找錯遊戲〉，那陣子在我腦海中一直揮之不去。

從旁守護彼此著迷事物的結局

雖然我們並沒有強迫對方，但只要一起生活的人有了著迷的事物，大家便會不知不覺地跟著一起看，莫名其妙地跟著喜歡上了，這種例子不在少數。

夏天時是星野沉迷於人氣手遊改編成的動畫《偶像夢幻祭》，秋冬則是輪到角田在起居室裡準時收看偶像男團選秀節目《PRODUCE 101 JAPAN》。

《偶像夢幻祭》以培育偶像的學園為背景，由學生（與一部分老師）們之間令人心臟爆擊的感情糾葛展開一連串的衝突，是大家都耳熟能詳的劇情。播出時間一延再延，總算在眾所期盼下開始播出了。都是遊戲開發商 Happy Elements 的錯！每個禮拜天晚上，看完播出後的星野都只會留下一句：「偶像總算集合了……」便起身離開起居室。

《PRODUCE 101 JAPAN》也是一樣，雖然這是選秀節目的宿命，我們也無可奈何，不過隨著每一次的新集數播出，都會有越來越多淘汰者，最後要迎來最高潮時，整個節目都會呈現出非常緊繃的氛圍，就連收看的人也會越來越緊張。儘管我們也想幫忙投票，但角田表示：「對我來說這樣是不對的。」拒絕了我們。畢竟每個人都各自有自己支持偶像的方式。

到了最後一集播出的當天，起居室充滿了異常沉重的氛圍。

丸山：「要是角田支持的偶像順利出道的話，就來烤肉吧！要是結果令人遺憾的話，我會準備熱粥。」

角田：「不管發生什麼事都請大家不用擔心我……！」

不，妳這樣講我們反而會更擔心呢！我再一次感受到，從旁邊看著別人著迷於某項事物中的模樣，真是一件快樂的事呢！

三麗鷗萬聖節大集結

儘管從前面的篇章看下來，我們四人喜愛的領域各有不同，不過大家也曾有一次都不約而同計劃前往同一個地點。那就是十月底在三麗鷗彩虹樂園舉辦的萬聖節活動。為什麼大家都會跑去參加三麗鷗的萬聖節活動呢？其實這真的是巧合。

每當我們會因為參加活動而不在家時，都會寫在ＡＰＰ上與大家共用行事曆。十月底的那一天，所有人都在行事曆填上了「整晚不在」、「三麗鷗彩虹樂園」、「萬聖節」等預定行程。

我：「哦……？」

丸山：「這是？」

星野：「該不會？」

角田：「大家都要去同一個地方？」

三麗鷗彩虹樂園所舉辦的萬聖節活動，也以廣邀藝人參與演出聞名。這一年不僅有ＬＤＨ經紀公司的藝人們、聲優與饒舌歌手組成樂團，還有新銳音樂人等，非常多藝人都參與演出。

在偶然的情況下，我受到ＬＤＨ粉絲朋友的邀請而購入了門票，丸山則是由遊樂園控的朋友找她一起，而星野跟角田是因為現場有她們喜愛的偶像參與演出的關係。

我：「我想去看 DJ MAKIDAI……」

丸山：「我是想去一次三麗鷗彩虹樂園看看。」

星野：「我是要追昴（木村昴）跟掌幻。」

角田：「我要去追長谷川白紙。」

異口同聲：「原來是這樣～～～」

既然如此，大家都來盡全力變裝吧！因為我本人就是以視覺系大嬸廣受好評（才怪），所以我從儲藏室拿出了哥德羅莉塔風洋裝、又畫上了亂七八糟的妝容。雖然感覺頭頂有點空虛，不過因為找不到適合的變裝道具，我就在唐吉訶德買了上面印有「Halloween」字樣的帽子。什麼？你問難道帽子就不必追求整體風格一致嗎？嗯，我沒差。打扮完畢後，我就興致勃勃地前往三麗鷗彩虹樂園了。我們各自與朋友會合，一下子適度喧鬧玩樂、一下子適度休息，接著再繼續喧鬧玩樂。星野去看比較早開始演出的昴與掌幻，我則是因為「HIGHER GROUND」

覺得超嗨，同時側眼旁觀因長谷川白紙而激動不已的角田。接著大家再一起膜拜化身為 DJ HELLO KITTY 的凱蒂貓。

整個活動直到清晨才結束，我們用盡全身最後的力氣，搭上電車踏上歸途。都要四十歲了還玩通宵，真的不是普通的累，從車站到家的這段路我們搭上了計程車。在這種時候，有四個人可以一起均分車資真是太棒了。

雖然在令和蛋糕的段落中曾提到：「阿宅的紀念照片是不會拍進真人的」，不過當然也有例外的時候。因為那天我們發現了適合拍照的萬聖節景點，再加上「大家都特地變裝了」，所以那天晚上大家難得地拍下了四人同框的紀念照。

Belle Maison 保暖發熱衣完全撞衫事件

季節更迭，「文化之家」再次迎來了冬天，在這裡的生活也差不多過了一年。隨著氣溫下降、感覺越來越冷，也差不多該準備發熱衣過冬了。屬於乾燥肌的我似乎不太適合穿UNIQLO的發熱衣，今年我想試試Belle Maison的保暖發熱衣。雖然穿起來很舒適，沒想到竟然發生了一個問題。那就是角田也穿了跟我完全一樣顏色、版型、尺寸的保暖發熱衣。哇～真是久違的撞衫耶！

之前也發生過幾次穿UNIQLO撞衫的情形，不過由於尺寸跟顏色都不一樣，就算會有一瞬間認錯，但都還是可以察覺到不同而交換回來。事到如今，竟然會發生保暖發熱衣徹底撞衫的窘境。

角田：「如果是UNIQLO發熱衣也就算了，沒想到竟然會是Belle Maison撞衫。」

我：「這簡直逼人玩神經衰弱啊！」

角田：「仔細一看，標籤的位置好像有點不一樣呢！」

我：「可是，一般人不會這麼仔細看洗好的衣服吧……」

我連忙重買了不同顏色的保暖發熱衣，總算解決了這件事。角田穿黑色，我穿咖啡色。那件跟角田撞衫的保暖發熱衣，我收到了衣櫃的深處。過沒多久，換成丸山跟角田撞了「圖案超誇張的襪子」，「居然就連襪子也能撞！」這點讓我異常地大受感動。

接下來到了十二月。每到年底活動都特別多，再加上工作也很忙碌，因此即使是宅女也不得不東奔西跑。不過，星野則是每個月都有兩次要參加在十天內「奔走」於線上遊戲的活動（感覺好辛苦）。

儘管如此，我們還是買了在搬進來前就約好的聖誕樹、並裝飾完成，還買了新年的裝飾品。不過門松倒是沒買。

雖然我們為家裡增添了節慶氛圍，但其實從聖誕節前後一直到年底這段期間，大家都會因為演唱會、舞台劇、同人誌即賣會等各種活動而頻繁往外跑，家裡經常都是空無一人。每個人似乎都在各自的活動場合中玩得很盡興。進入年假後，老家位於關東的星野與角田都各自回家了。

跨年夜當天，我在自己的房間裡繼續工作。丸山似乎跟朋友一起參加跨年派對去了。這一年最後一天的晚上刮著超級強風，到處都變得亂七八糟。我聽到外頭發出巨響，原來是放在玄關口的腳踏車全都被吹倒了。依照目前這樣的強風看來，就算把腳踏車擺好了也會再被吹倒，我決定先暫且不管，繼續工作。

就在我忙東忙西時，紅白也結束了，新的一年正式到來。等到丸山回家後再一起整理腳踏車吧！聽說角田跟星野也會在正月初三之前回來。像這樣在家裡等著別人回來的日子，似乎也不錯。

在元旦上午回家的丸山，跟我一起合力抬起腳踏車。我們被寒風吹得好冷，真想泡澡，可是又不想在元旦當天就打掃浴室。我們兩人的意見一致，於是一起前往附近的公共澡堂。

我：「雖然我每次都只是經過這裡而已，不過一直對這間公共澡堂很有興趣呢！」

丸山：「雖然這間已經開很久了，不過內部裝潢很時髦，感覺我們的選擇會是『正解』……」

我：「感覺是年輕人經營的呢！」

丸山：「哦、這裡有好多精釀啤酒喔！這裡果然是超級正解！」

在正月之初，我們就迎來了一個好的開始。

回老家的兩人也在正月初三回來了，全員睽違已久地聚在「文化之家」裡。我們在起居室裡邊收看新春特別節目邊放空。

異口同聲：「新年快樂！」

星野：「今年也請大家多多指教～」

角田：「一年一下子就過了呢！」

丸山：「我老家寄了白味噌過來，我來做關西風年糕湯吧～！」

我：「太好了！」

星野&角田：「我們沒吃過！」

因為聽說在關東長大的這兩人沒有吃過味噌年糕湯，丸山也特別下了一番功夫展現廚藝。我只是在旁邊看而已。雖然吃起來跟我從小吃到大的味道不一樣，不過同一屋簷下的大家都相處得非常和樂融融呢！我一邊這麼想著，一邊等年糕放涼、享用美味的年糕湯。

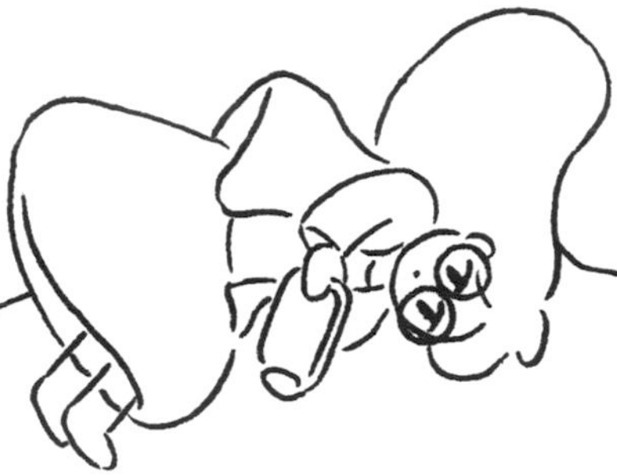

第4章

扭蛋要抽、人生也得要抽！

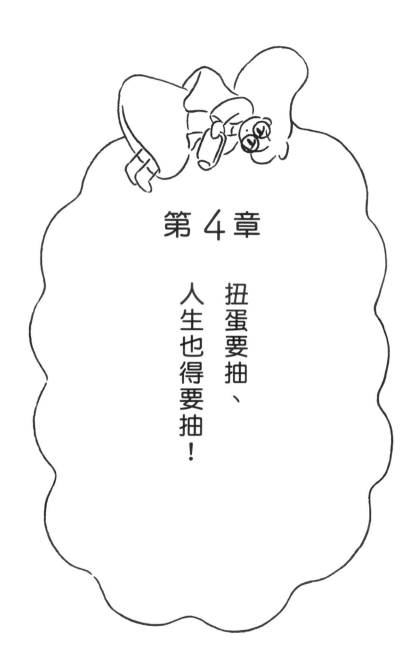

天啊！「文化之家」也難逃新冠肺炎？

二〇二二年一月，大家已經相安無事地共同生活一年了。如果可以的話，希望就這樣下去直到二年後續約，要是能一直續個兩、三次就好了。

大家都做著各自的工作，同時看動畫、打電動，持續過著安穩的日子。可是！就在此時，出現了完全沒有料想到的異狀，而且不只是我們家、而是全世界。沒錯，那就是新冠肺炎。

被稱之為新冠肺炎、COVID-19的這個傳染性疾病，在新年時感覺只是鄰國的事而已，但一轉眼在日本國內的感染人數也直線上升。口罩與酒精凝膠瞬間就在店鋪裡消失了。而且不知為何，就連衛生紙也跟著一起消失了，幸好我們家儲藏室還有兩～三個月的庫存，安然度過了危機。

二月，在大阪的室內展演空間發生了集體感染，時事節目把這件事大肆渲染開來，室內展演空間對我而言不僅是工作場域也是娛樂場域，因此也讓我的處境變得相當痛苦。雖然新冠肺炎本身的事態也非常嚴重，但因為時事節目的關係，讓室內展演空間脫離事實地被汙名化，這件事也讓我難受又傷心。希望以後時事節目全部都被撤換成《奇天烈大百科》（的重播（激進派））。

從二月底開始，無論是大規模的巨蛋公演或小劇場的舞台劇公演都相繼喊停。這對於住在「文化之家」的大家而言，都造成了非常大的傷害。

星野：「因為演唱會門票的退費，我的帳戶裡竟然有這麼多錢，實在是前所未見。」

我：「都已經搞不清楚哪一筆是哪個門票的退費了。」

角田：「舞台劇也是一樣。迪士尼樂園好像也休園了。」

丸山：「新聞上說電影院也暫停營業了。我好想看《仲夏魘》的說～」

再這樣下去，大家心靈的養分就會完全乾涸了。雖然現在回想起來，當時根本就不是能好整以暇說這種話的時候，但我記得三月初左右，社會上還飄散著「年輕人不會變成重症」、「健康的人不必戴口罩」這樣的氛圍，所以請大家原諒我們。直到奧運延期的消息宣布後，整個社會才突然轉為嚴肅的氣氛吧？對吧、東京都知事？

演唱會飛了，代表著我的工作也飛了。首先，演唱會報導的工作當然取消了、在攝影棚錄影的採訪也取消了，就四月預計要面對面採訪的工作也被「無限期延期」了。我在二月第一次聽到線上採訪這個詞時，心裡還覺得「太誇張了，是在開玩笑吧？」，如今在不知不覺間已經成為理所當然的現實了。Zoom 的股價飆漲，連帶使音響器材製造商 ZOOM 的股價也水漲船高，這到底是怎麼一回事呢？

同樣身為自由工作者的丸山，工作上也大受打擊。她身為服飾創作者，像是出席百貨公司舉辦的活動，正是她的一大收入來源。而現在，就連百貨公司本身也暫停營業，就算有營業、這類活動也都暫停舉辦了。

丸山：「嗚哇～！活動停辦了～～～！」

我：「真是太慘了。」

丸山：「不過要是真的舉辦了，我也不想站在百貨公司裡面……」

我：「也是。」

整個日本列島都壟罩在「待在家裡吧」的氛圍。光是唉聲嘆氣、嘴上嚷嚷著沒工作了，就真的會成為無業遊民，所以丸山轉戰網路商店，我則是改為線上訪談、或是撰寫不需要採訪的專欄維生。雖然如此，四月的收入依然銳減，所以我申請了補助金（約三週後就順利收到了）。

身為上班族的角田與星野，她們的職場特質在此時一覽無遺。在資訊業公司上班的角田，早早就改為在家遠距上班。一開始她用床當作椅子來工作，後來真的不行才添購了辦公椅與摺疊桌。角田是一個非常在意房間擺設布置的人。她憤憤不平地抱怨：「這張椅子跟我的房間風格真的很不搭」，我身為一個居家工作的專家，也只能安慰她：「非常時期總是得有所犧牲嘛。」

另一方面，在第二章中也曾提及，星野是在一間日本・傳統・企業上班。雖然據她本人表示：「根本沒有什麼工作是不能在家做的」，但那間公司就是那種大家都很熟悉的企業，只要一面對沒有前例的事就難以應對，所以整個三月星野都跟以往一樣天天出門上班。每天照常通勤的星野，在四月初用ＬＩＮＥ宣布自己身體不舒服。據說她這兩天都持續發燒到37.5℃。公司內部的醫師要她待在家裡待命，若是體溫再繼續上升的話，就要去做ＰＣＲ檢測。

星野：「現在畢竟是非常時期，我會盡量待在房裡、不會出去……」

角田：「如果需要什麼東西，就直接在ＬＩＮＥ上隨意說喔！」

丸山：「我們會把三餐放在妳房間門前。」

我：「我們是自宅 Uber Eats。」

星野：「嗚嗚，太感謝妳們了……」

為了以防星野真的得了新冠肺炎，我們將星野的餐點都盛裝在紙盤，用餐完立即丟棄。樓梯扶手跟門把也都定期用酒精消毒，盡可能做好防範措施。

萬一真的中鏢，我們所有人都會立刻變成「密切接觸者」，就算沒有感染，也不能外出。不過，就算真的變成這樣，反正還有網路超市與Uber Eats（這次是真的），再怎麼樣都應該能撐得下去吧～並不會讓人感到太擔心。要是我一個人住的話，就只能自己默默在社群網站上看著悲觀的新聞，再加上經濟上的不安、想跟人群接觸的心情，種種因素都可能會對我的精神狀況造成負擔。感覺依我的個性就是會這樣。有跟朋友一起合租真是太好了～！

另一方面，目前為止我們四個人還沒有這麼長時間都同時待在家過，彼此之間難免還是會發生一點小摩擦。不過，比起這些微不足道的缺點，在家能感受到人的存在便能讓我感到很安心，即使收入減少，還是能以便宜的房租輕鬆地住在寬闊的房子裡，優點還是比缺點多上許多。房租便宜真的很有益身心健康！再加上，我們幾個人就算心情不好也不會遷怒他人，都是屬於會自己解決情緒的人，我深切感受到這點真的很不錯。因為人不可能總是保持好心情，遇到心情不好的時候，如果可以自己一個人默默處理就好了。

星野大約一週左右就恢復了健康，公司內部的醫師診斷：「這樣的話不用再檢查沒關係。」真讓人鬆了一口氣。

我們陸陸續續各自在線上飲酒會歡樂暢飲，也挑戰了自製突然在推特動態上爆紅的超古早食品「蘇[1]」，度過居家時光。然後也因為推特動態上大家狂推泰國的ＢＬ愛情喜劇傑作《只因我們天生一對》，「文化之家」的大家便與宅女朋友們一起鼓譟（其實已經算是尖叫了），一邊在線上舉辦上映會，大家玩得非常開心。在令人憂鬱的居家期間，大家都被熱帶國家的甜蜜愛情喜劇給療癒了。大家甚至還提到：「等到新冠肺炎疫情結束後，大家一起去泰國玩吧～好想喝喝看那罐果汁（每次在節目片頭廣告都會出現的泰國清涼飲料，看起來超好喝）喔！」這段期間更讓我深深感受到宅女沉迷的內容、社群網站，還有「文化之家」的成員們真的幫上我的大忙～……話是這麼說，但新冠肺炎疫情根本就還沒結束呀！

1 蘇（そ、so）是一種將牛奶熬煮至乾燥後製成的長期保存食品，起源於平安時代獻給貴族的料理。

【驗證】最後到底省下了多少錢呢？

因為新冠肺炎疫情，讓我再次感受到生活開銷降低真的很有益健康。那麼實際上，跟我一個人在夜晚暗自哭泣的獨居時代相比，跟朋友合租房子的現在到底節省了多少生活費呢？現在就直接與獨居時代一個月的房租、水電費進行比較，實際驗證看看！

■二〇一八年十二月

・房租（含網路線）：八萬五千日圓
・共享辦公室：兩萬五千日圓
・水費：兩千兩百日圓
・瓦斯、電費：九千日圓
共計：十二萬一千兩百日圓

■二〇一九年十二月

・房租：六萬日圓

・水費：一千八百日圓
・瓦斯、電費：五千五百日圓
・網路線：一千一百日圓
共計：六萬八千四百日圓

與朋友合租房子後，我的生活開銷總金額直接砍半。哇嗚～♪獨居時期的水費與現在幾乎差不多，是因為一個人住時要是一整天都待在家裡的話，我其實不太常泡澡。現、現在我可是幾乎天天泡澡喔！幾乎啦。

只不過，儘管支出砍半，但光憑我的意志力，我是真的存不了錢。所以我下定決心申請了iDeCo（日本退休金帳戶）與定額存款帳戶，每個月自動扣款。現在，我的存款金額順利維持穩定增長的狀態。

「衛生觀念・經濟觀念・兩性觀念」就是三大關鍵

有個朋友告訴我，她要搬家了。

我：「哦，要搬到哪裡？」
朋友：「○○區的△△。」
我：「跟我家超近的耶！」
朋友：「對呀，上次去妳家時，就覺得那附近感覺很適合居住～」

一回神，就發現已經有朋友住在徒步～腳踏車可到範圍內了。由於這裡是前往市中心交通很方便的住宅區，原本就有幾個朋友住在這附近，現在「住附近的朋友」一隻手都不夠數了。如果把「要是跟丈夫離婚了就要住在『文化之家』附近～」這種隨口說說的朋友也算進來的話，人數真的很龐大，說不定到時候我的勢力已經可以競選區議員了呢!?

此外，每當我在外面公開談論合租生活時，偶爾也會有人問我：「我也很想試試看這樣的生活方式，請問跟別人一起生活的訣竅是什麼呢？」這種時候我會回答：「如果在衛生觀念、經濟觀念與兩性觀念上可以磨合的話，應該就不會有什麼問題吧！」

想要盡可能生活在乾淨環境中的人、以及環境有點髒亂也無所謂的人之間一定會產生衝突，因此在一起生活之前一定要先確認彼此的「衛生觀念」要是對金錢方面的感覺有落差的話，彼此之間也不容易處得來，還是要跟「經濟觀念」相近的人一起生活會比較好。如果是會偷錢的人，那當然就另當別論了。實際上關於這方面，也有人問過我：「跟別人住在一起會不會很危險？」，不過，我倒覺得像是繼承遺產，或家人之間的金錢糾紛更是不足為奇。以我自己的實際經驗為例，當我還是高中生時，為了買筆電拚命打工所存下來的錢，就被親姊姊擅自拿走了。

雖然我自己也覺得這應該算是特例，不過，糟糕的人並不會因為有沒有血緣關係而有所不同。就算是現在回想起來，我還是覺得「真的很糟」，在第一章也有提到，我再怎麼樣也不會想回老家，大家看到這裡應該也可以察覺出原因吧！

拉回正題，經常帶男女朋友回家的人、以及不喜歡這樣的人，彼此之間也會因為這個問題而種下爭端，我想「兩性觀念」相近的人會比較適合住在一起。以前我也曾聽說過，兩名女性友人一起合租房子，她們都是屬於會把男友帶回家的類型，所以還是要「同類型」的人才能和睦相處。

話說回來，合租房子本來就是在家裡的價值觀契合比較重要，我們並不會限制大家在外面的行為。像是在汽車旅館舉辦宅女女子會，還是在峇里島風格旅館跟宅女朋友一起手握螢光棒舉辦上映會、或是跟戀人手握其他東西〇〇××，都是別人無權干涉的事。哎呀糟糕，變成色色的話題了。像現在，我也只知道「文化之家」成員們各自著迷的角色而已，並不知道她們是否有戀人，而且我覺得以後也並不需要知道。同樣地，大家也從來沒有問過我前任對象的事。

現在想想，我們一起共享生活、卻不一起共享人生，這件事發揮了很正向的作用。因為我們彼此的情誼中，並不交雜親情或愛情等會帶來深厚感情的要素，這讓我覺得很舒服也很放鬆。簡而言之，就是讓人從「家人之間非得要這麼做才行！」等偏執想法的枷鎖中獲得解放的感覺。當然，也有許多家庭與關係中並不存在著這種枷鎖，不過我這個人反而是會在這種關係上想太多的棘手類型，所以對我而言，不必考慮這些真是輕鬆多了。

反之，如果是想要在家人或戀人等關係中獲得肯定的人、也就是想要時時刻刻待在對方身邊的類型，恐怕就很難適應這種與朋友合租的生活。所以，如果說要把這種生活方式推薦給每一個人，我會有點沒信心，頂多只是很適合我自己而已。

女生之間也不是必定會起衝突

還有一個大家經常問我的問題，那就是：「女生住在一起不會產生摩擦嗎？」關於這個問題，老實說我覺得完全不知所云。

當我以前還在自衛隊時，單身的人基本上都一定要住在宿舍，所以我也曾在女生宿舍中生活過。這麼一來，男性自衛官就會有意無意地來問：「你們女生感情一定很差吧？」他們也許只是說好玩的而已，但我當時心想，你們男生宿舍每天都在喝酒、賭博、整天為了「男性的尊嚴（超爆笑）」舉辦一些蠢到不行的小比賽，這些我可都是一清二楚呢，而且你不是還有男友嗎！

這可能是比較極端的例子，不過我經常遇到這種想要拿「女性之間的不睦」拿來說嘴的人。只要是人類，都有可能會起衝突，我是真心不明白為什麼非得要拿「女性」來當作框架呢？

在我們的生活中，並沒有發生過像樣的衝突。都好不容易要寫書了，如果有發生過什麼戲劇性的衝突肯定會更有話題可以炒作，不過說真的沒有就是沒有。

硬要說的話，只有一次大家在聊天的時候，我不經意用了「騙人松」這個字眼，遭受大家集中火力圍剿。

讓我為不知道事情始末的各位說明一下，「騙人松」是一個網路用語。以前有一個阿宅在推特上發文表示：「我遇到了一個跟動畫《阿松》角色一模一樣的帥哥。」這則推特很快就爆紅了，大家都吐槽他「騙人」，後來就演變成「騙人松」這個詞。阿松的鐵粉當然都不太喜歡這個詞。

啊～對了對了，我還忘了一件事。由於動畫播出已經是幾年前的事了，所以平常不太會提到，不過我的室友們都是超沉迷《阿松》的「松沼」住民。丸山偶爾會穿著阿松的帽T（十四松）當作居家服，角田擁有以一松為靈感設計的香水，星野的房間裡還有輕松玩偶坐鎮。這麼說來，我們在ＬＩＮＥ上聊天時，大家也經常會使用阿松的貼圖。

星野：「這本來就是一個很輕蔑的詞耶。」

丸山：「這個詞不太好吧……」

角田：「好久沒看到有人用這個詞了。」

我：「真的非常抱歉。」

順帶一提，《阿松》裡我最喜歡的是唐松。

相反地，也有人問過我：「如果是男生的話應該沒辦法像這樣合租房子吧？」而且無分男女都有人說過這句話。但我也常聽說玩樂團的男生或男偶像在走紅之前常會跟夥伴一起生活，所以只要彼此目標一致的話，我想這應該是無分性別的吧！

只不過，如果要問我能不能讓男性加入「文化之家」，就又是另外一回事了。對我個人而言，要是對方用餐分量比大家多出太多，就必須重新規劃共同基金要如何分攤，再加上打掃浴室時可能不太方便請對方處理生理用品垃圾桶等等，感覺會比現在的模式引起更多不公平之處，因此還需要再斟酌考慮。

儘管如此，也不可能一輩子都一直住在一起

希望我們四人可以永遠都一直住在一起——雖然我在這本書裡也一直傳達這樣的想法，不過老實說我也覺得要住在一起「一輩子」應該很難。

我想無論是不是御宅族，應該都會有「老了以後想要跟朋友一起住～」的這個念頭。NHK在二〇一八年年底播出的紀錄片《七位單身女性 大家一起生活吧》，正是這樣的內容。年齡在七十一歲到八十三歲的七位女性，各自購買了同一棟大樓裡的不同住宅，並前往彼此的家裡互相幫忙、照應生活起居。節目裡把這樣的生活型態稱之為「朋友鄰居」，在推特上也可以看到大家都覺得這樣的生活「真的很理想」。

我心裡的確也有一部分覺得這樣很理想，不過，我們這個世代在金錢方面的條件會變得更加險峻。因為非但不能期待年金或退休金，老了以後要在什麼時間點購入公寓，也是很難掌握的環節之一。

此外，在節目當中也聚焦於老年人生病、受傷、罹患失智症等情況，這也是令我覺得應該

很難真的「一輩子」都住在一起的原因。雖然每個人都會老，但並不是每個人老化的速度都一樣。當然，「人生終點」來臨的時間也都各不相同。

也許只是在我身邊比較多這樣的例子，不過，喜歡跑演唱會、舞台劇等現場型的阿宅，有很多人都是從事容易換班的護理．照護工作。據她們表示，有些人即使到了九十歲依然能輕鬆操作手機、享受電玩的樂趣；也有些人才六十歲就臥病在床。是否能充滿活力地度過一輩子、或是長期臥病在床，其實全憑運氣而已。

目前我們的共居生活基本上都是「互相照應」，而這樣的現況是建立在彼此的健康程度都差不多的情形上。要一個健康的人無限期地去照顧一個不健康的人，是有其極限的。我自己要是身體越來越差，也不會希望犧牲別人的人生來照顧我。聽說最近家人之間「必須請專業人士來照護長輩」這樣的想法也變得越來越普遍了，所以要是將來輪到我也需要的話，我也打算好好利用政府資源或民間服務，希望以後的社會也能把這樣的作法視作是理所當然。

老了之後無論是還可以繼續跟大家住在一起、或是自己一個人住，我覺得都需要多汲取一些關於如何利用政府資源的知識，還要存下足夠委託民間企業照護服務的積蓄才行。我在第一章也有提到，雖然目前我還沒找到從根本上避免孤獨死的解決對策，不過，我覺得與其說是不想真的孤獨死、我更不希望以後要一個人孤獨地生活，我之所以會在暗夜哭泣，也是因為這樣的心情吧！所以，我想要在每一次可以選擇時，都選擇更好的選項。但無論如何，我還是隨時都很想要「五千兆日圓」，是隨時喔！

To be Continued…

就算先不管那麼遙遠以後的事，我想應該還是必須先思考萬一室友離開的話要怎麼辦。雖然在第二章也有提到：「要是有誰突然墜入愛河就太好笑了」，不過實際上，我們四人之中如果有人出現結婚成家的人生轉機，也是完全有可能會發生的事。我們已經請房屋仲介業者及房東保證：「如果要替換成員的話只要事先告知就好，不要太頻繁就沒問題。」

無論是要招募新成員、或是就這樣四個人繼續住下去、還是要搬到新天地，就我自己而言，我都想要繼續維持宅女共居生活。畢竟曾經滄海難為水，如此舒心的生活沒辦法說放就放。

雖然完全沒有出現過任何戲劇化的插曲，不過正因為如此，我才想要繼續過著像現在一樣這麼穩定的生活。

最近我們家也追上了現在御宅族絕不錯過的《迪士尼扭曲仙境》，這是由迪士尼電影中反派角色為靈感所塑造出的美男交流手遊，時常成為大家的討論話題。

星野：「為了避免被讀心晶片[2]偵測，可以請誰來幫我抽這個卡嗎～」

丸山：「好，交給我！」（按）

我：「加油～」

星野：「哇～！是ＳＳＲ Leona耶！」

丸山：「哇哈哈。（擺出勝利姿勢）」

角田：「看來讀心晶片不是假的呢！」

星野：「有了這孩子真是幫上大忙了！」

雖然阿宅們常會把各種事物都比喻成手遊抽卡，不過其實房東、找房子這種事運氣成分也

2　「讀心晶片」是一種半開玩笑的謠傳。是指玩家在遊戲中越想要取得的機率性物品，不論機率多寡，遊戲就越不分配給你，迫使玩家繼續遊玩。如同機器內有晶片在偵測玩家的需求一樣，所以才會找自己以外的人來抽獎，以避免被讀心而抽不到想抽的物品的都市傳說。

很重要。這間「文化之家」的房東對我們而言就是ＳＲ等級以上的扭蛋，而且如果共居生活比喻成是遊戲的話，已經沒有比現在更好的卡可以抽了。雖說如此，遊戲夥伴之間的交流程度也會讓玩遊戲的樂趣變得截然不同，所以到頭來也許還是自己與別人之間的關係最重要吧！

儘管我們並不是「超級好朋友」的組合，不、我覺得正因為如此，這款遊戲才會特別好玩。為了避免遊戲伺服器突然關閉，接下來我也想要以我們全員都覺得自在的方式，繼續愉快地互相照應下去。

結語

由於這本書裡只闡述了我個人的見解，因此我也問了我的室友們：「長久維持宅女共居的關鍵是什麼呢？」

丸山：「跟宅女一起生活，就算我突然為了什麼事情發瘋、還有多到誇張的物品數量，其他人也都能理解，讓我覺得很輕鬆。」

角田：「御宅族不是會盡量不踩對方的地雷嗎？這在現實生活中就會形成一種恰到好處的距離感呢！」

丸山：「另一方面，當發生糾紛時不會隨便打馬虎眼、而是會跟對方好好說清楚，而且會說得很直接，所以自己也不必太小心翼翼。」

星野：「如果是可以用工具、方法或APP解決的事情，就必須直接借助這些方式解決，不要參雜個人情緒。」

丸山：「我還要補充一句真心話，我覺得可以跟某方面值得尊敬、或是有某種特質非常迷人的人一起生活，真的是一件很棒的事。」

我也是這麼覺得。

丸山：「啊，不知道是不是因為大家沒戴眼鏡時的視力都很差，所以沒有打掃得很仔細？」

星野：「不管對任何事，都要適時地睜一隻眼閉一隻眼，這也很重要喔（笑）。」

謝謝大家還像這樣偶爾裝傻。這樣的生活方式果然還是要合得來的人聚在一起才適合呢！

現在「文化之家」裡有三公斤的櫻桃。由於果農受到新冠肺炎的疫情損失慘重，我抱著「用鈔票幫他們下架」的心情，訂了一公斤山形縣產的櫻桃，而同時角田也訂了一整箱一模一樣的櫻桃，所以我們家就在毫無預警的情況下迎來了初夏的瘋狂櫻桃盛典。

在初春時，我們家也因為同樣的原因訂了十公斤北海道產的夢幻馬鈴薯「印加的覺醒」，真的是多到吃不完。我們總是在重蹈覆轍……不過，畢竟這樣的生活也算是過得比較久了，現在大家好像都已經很習慣這種事情發生，有人把櫻桃做成桑格利亞水果酒、有人做了糖漬櫻桃放在塔皮上做成水果塔，有人也直接生吃，三公斤的櫻桃就這樣一轉眼就消失了。共居的人數越多，每個人花在食物上的消費就會降低，而飲食生活的品質卻能獲得提升，我覺得這也是我們宅女共居生活的優點之一。

正如我在「前言」中所提到，我在實際開始現在的共居生活前就在思考，就算不是跟家人或伴侶，這世界上應該還是有許多種生活方式。而我實際上與別人一起生活後，這樣的想法又變得更加強烈了。現在我覺得不應該說「就算不是跟家人或伴侶」，反而「正因為是志同道合的朋友」才能讓我享有目前平穩舒適的生活。而且我還想要過得更快活自在，所以我真心希望如果租屋契約可以對非親屬關係的共居更友善就好了。這段話我甚至想要把字級加倍、用粗體字呈現。

另一方面，引起我在夜晚暗自哭泣的原因之一——肩膀疼痛問題，也漸漸好轉了。我在距離「文化之家」最近的車站附近找到了一間醫院，裡面設有不錯的復健中心，就養成了我前往復健的習慣。雖然目前因為受到新冠肺炎疫情的影響而稍微偷懶了一些……（怎麼可以這樣！）。像是要換燈泡等必須抬起手臂的動作，我的室友們都會很體貼地幫我，真是太感謝她們了。現在，我再也不曾在夜晚暗自哭泣了。

這本書我本來還悠哉地打算「反正受到新冠肺炎影響，四～五月的工作量銳減，就趁這段時間來寫吧～」，結果一轉眼時光飛逝，我只好慌慌張張地趕在截稿日前寫完，陷入慘況之中。真的非常感謝在這段時間從旁守護我的自由編輯齋藤岬、幻冬社的三宅花奈（齋藤甚至還在新宿的共享工作空間物理上實際守護我……，那時候真的承蒙照顧了）。

雖然這真的是藉口無誤，但這本書在某種程度上而言可說是二次創作。要把自己與身邊的人們都重新設定成書中角色，把生活插曲寫成散文，剛開始真的覺得很害羞，我整個人一邊發抖一邊寫出這本書。可是明明就是我自己說要把共居生活「寫成一本書」的啊！

接下來我還要感謝負責裝訂的鈴木千佳子設計師、描繪插畫的 Kayahiroya，多虧了他們兩位，才能完成這本超級可愛的書。託他們的福，這本書絕對會創下超出我本人實力的銷售佳績（確信）。

我也要感謝我的室友們爽快地答應讓我把我們的生活寫成書。也許這也是因為宅女最重視「有趣」的人格特質，才能讓我如此順利地獲得她們的首肯吧！等我收到版權費後，再請大家吃一頓好料吧！話也說太早了。

最後，我也要感謝一路閱讀到這裡的各位讀者。雖然還不知道會不會有下一次公演，不過就讓我們期待下次再相見囉（下台一鞠躬）。

東京宅女共居生活好自在

作者｜藤谷千明
譯者｜林慧雯
責任編輯｜蔡亞霖
封面設計｜Dinner Illustration
內文編排｜黃雅芬

裝幀｜鈴木千佳子
插畫｜カヤヒロヤ
企劃協力｜斎藤 岬

發行人｜王榮文
出版發行｜遠流出版事業股份有限公司
地址｜台北市中山北路一段 11 號 13 樓
劃撥帳號｜0189456-1
電話｜(02) 2571-0297
傳真｜(02) 2571-0197

著作權顧問｜蕭雄淋律師
2023 年 3 月 1 日 初版一刷
定價｜新台幣 300 元
缺頁或破損的書，請寄回更換

ISBN｜978-957-32-9914-1
遠流博識網 http://www.ylib.com **E-mail**｜ylib@ylib.com

Original Japanese title: OTAKU JOSHI GA, 4 NIN DE KURASHITE MITARA.

東京宅女共居生活好自在 / 藤谷千明作 ; 林慧雯譯 . -- 初版 . -- 臺北市 : 遠流出版事業股份有限公司 , 2023.03
面； 公分
譯自：オタク女子が、4人で暮らしてみたら。
ISBN 978-957-32-9959-2 (平裝)
861.67 112000050